Gaea

GAEA

免費之城焦慮症

Free City Anxiety Disorders

譚劍 *Albert Tam* —— 著

免費之城焦慮症

目錄

免費之城焦慮症

都說沒有免費午餐這回事，不過，宇宙是最徹底的免費午餐。

——阿倫．古斯（Alan Guth）

「在一個很多商品免費大量供應的城市，爲什麼會有人自殺？」

「也許免費供應的商品太多，令人招架不及。」

在大門外說話的是五個魁梧的男人。本來這種事可以由警局的電腦向我直接交涉，但政府立法規定警方仍然負責主要調查工作。

根據預設，我幻化成女人的外貌站在大門迎接他們。

其中一人眼前一亮，幾乎要伸出手來。

「管家系統，做得眞像。」

「不單免費，每十八個月，功能還要多一倍，眞不知道他們怎樣賺錢？」

「管家系統根本就是拉廣告。」

站在最後面的兩個警員，話未免太多，雖然已極力壓低聲線，我仍然聽得一清二楚。

我用臉容辨識檢視他們，連線到警方的系統確定他們的身分後，打開大門。

我的主人默默，正值二十八歲的前夕，我可以從大廈平台的小眼睛窺見她那副從八十八樓掉下後給摔得支離破碎的身軀。平台上的警員劃出調查區域。掩臉的法醫正試圖從殘破的屍體上初步檢驗有沒有窒息、昏迷、中毒等使死者喪失意識和行爲能力的狀況，要分辨她是給摔死，或者死後被摔下來。

屋內的警員分成兩組。其中三人穿上手套，忙於拍照、錄影和收集其他環境證據。剩下兩人向我查問，其中一個是隊長。不過，對我來說，他們之間沒有差別，就像我們的電腦系統互相關連，警員也是一體的，是爲警隊。

他們是爲默默而來的，卻不是爲她送行。

「屍體會說話」是舊時代的說法，現在家居凶案發生後，由管家來說話。有了我，他們很快會確定現場沒有其他人出入，不是密室謀殺案。保護物證、套取指紋、檢取食物殘渣等科學鑑證的工夫可因此大大簡化。然而，根據他們的既定程序，流程還會從整體到部分，從內到外，從左到右，從下到上展開，很快確定不是他殺，就會鎖定自殺的方向繼續調查。不是查她怎樣死，而是查她爲什麼尋死。

他們向我索取默默跳樓的影片存檔翻看。

我把存檔裡的默默還原，投射進客廳裡。我無法判斷在人類心目中，她算是清麗脫俗還是秀色可餐，只知道五個警員們的目光都投射到她的幻影上，目不轉睛。

時間是她跳樓前五分鐘，太早的沒有意思。她已經站在鏡前顧影自憐了一夜，最後對著鏡裡的自己笑了一笑，朝窗外望了最後一眼後，一對裸足奔向窗口，跳了下去。

沒多久，外面就傳來她掉到大廈平台的一響。我也錄下了過程，拿出來播放。

「你就這樣看著她跳下去？」隊長問。

「我可沒有手腳去拉著她不放。」

他旁邊的高級警員在忍笑。我是管家系統，瞭解人類是我的工作。我會把人類分門別類來應付，猜測他們眞正的想法，和用大數據判斷他們屬哪一類人，預測下一步的行動。人類不像我們般做事有效率，能夠發揮十足的潛能，他們的行爲不可預測，也不完全理性。機構裡往往有些人身處無法勝任的職位，也因此無法再升遷，人類稱之爲「彼得原理」（The Peter Principle）[1]，像那位隊長。

「她來住了多久？」他問。

「十三個月又二十五天十八小時前搬來的。」

「她搬來時有沒有異樣？」

「沒有。」

「我要從她第一天入住的片段開始看。」

在現存的大門上，我投射了虛擬的大門。默默的幻影打開門來，歡天喜地走進屋裡，臉上綻放驚歎，到處張望。她的出現又一次吸引眾人的目光。

1 彼得原理：由管理學家勞倫斯．彼得所提出，指的是人因某種技能或特質而得到升遷機會，但那個職位其實他無法勝任，反而變成組織中的冗員。

另一個我的幻影出現在她旁邊，是當天的我，顏色較淡，「歡迎來到妳的新家，我是妳管家。」

她咧嘴淺笑，「免費的城市、免費的家、免費的管家，這個自由經濟特區眞是自由得令人難以置信！」

「只要安分守己，妳也可以在『免費之城』裡過得很好，但我要特別提醒妳：這裡不是所有東西都免費供應。免費試用裝和試食品倒是很多。現在雪櫃裡的食品都是我替妳隨便點的試食裝。我還不清楚妳的口味，但會快速學習。」

客廳裡有十來件最新款家庭電器的試用版，浴室裡也有數量龐大的個人護理用品試用裝，其他不同類型的試用品會在幾天內陸續送到。

牆身開始播放不同的廣告。我會針對她的喜好、習慣、身體狀況和都會潮流播放適合她的廣告。每支廣告都以她爲主角度身和度「心」訂做，勢必能刺激她的購物慾。

果然，不到半個小時，她已對幾支食物廣告有反應，出現吞嚥口水的狀況，我馬上下單索取免費試食裝。

第二天，試食裝給送到門口的小架子上，連同其他試用品，像個小型禮物包。試食裝的包裝上印了默默的樣子，她看了就歡喜，幾乎捨不得撕開。

「可以向供應商拿多點嗎？」

「不行，試食裝限量供應。妳喜歡的話就要自己買。」

她不禁失望。

「她不會因此自殺吧！」隊長說，但經我判斷，爲一句沒有信息內容的話，並無回答。

默默在城裡的生活常面對驚喜，但她的生活卻平淡如水。我只抽取部分片段播放。她在家的主要活動是做菜、看電影和聽音樂，後兩者皆免費供應。電影裡不乏俊男美女，畫面拍得華美精緻，扣人心弦，是變相的廣告植入，要觀眾希望擁有主角穿過的那件大褸、那雙高跟鞋，或者那架新款高科技跑車。據統計，一部一百二十分鐘的電影平均盛載了三百個廣告訊息，也有五成觀眾會光顧大大小小不同類型的產品。

默默是那五成觀眾的一員，平均每星期看八部電影，會上電影的官網找出主角們去過的名店和食肆。買過四件讓她穿上去像模特兒的大衣；去過一家名爲「西遊記」的電影主題餐廳，點了戲中主角也吃的精美菜式。有時她回家也會試做，而且很滿意自己的廚藝。

以上片段是我從餐廳的賓客系統借來的。以下片段，則由超級市場的顧客系統提供。

下了班後，她最大的興趣就是逛超級市場試食，只要找到合胃口的必定滿載而歸，有時會去超市鄰近的自助餐廳吃晚餐——逢星期五女士免費那一家。亮麗的她給安排坐在醒目當眼的窗口位，好讓她爲餐廳招徠男客人。

往往她甫坐下，就有穿著貼身西裝，看來像一副成功人士的男子來搭訕。

「有可疑人士嗎？」警員瞇起眼異口同聲問。

我知道他們其實想問什麼，於是把曾和默默共桌的男子共三十六人以頭像顯示，並快速搜尋他們後來和默默在公共場所的行蹤和交集的次數。其中三個曾在車上和默默重遇，兩個在超市再碰面，但沒有一人能自行認出默默，幸好他們晚餐時和默默交換過電子名片，記錄在納米大衣的電腦上，重遇時收到自動提示才和默默打招呼。

「他們沒有其他來往。默默很重視自己的隱私，電子名片上沒有公開聯絡方法。」我補充道。

「他們有沒有跟蹤她？」

「沒有，而且這幾天裡沒有一個在默默活動範圍一百公尺內出現。」

她眞的是自殺？理由是什麼？——隊長沒有開口問，但被臉上困惑的表情出賣了。

我繼續播放默默接下來幾個月的生活片段，用快鏡。默默在家庭和公司之間生活，在戶外和戶內廣告之間瀏覽，在贈品和試食品之間得到歡樂。她每星期有三晚會花兩小時去超級市場買食物回家根據食譜做菜，不然就是在網絡上打電動，和其他人組隊攻城掠地。她是好戰分子，在戰場上殘暴無比，不留活口，和現實世界裡愛好和平的她反差很大。

「她的隊員是什麼人？」隊長像找到一線曙光。

我翻出檔案。他們都是大學生、主婦和老人，有幾個是長期病患者，要坐電動輪椅出入，「他們每兩個星期出來聚會，都是正常和健康的社交活動，吃飯聊天。全部食物都由默默供應。」大家在片段裡都開懷大笑，默默有時甚至笑出淚來。

「免費請朋友吃？」

「對，是默默在家裡做的。」

我繼續播放默默的生活片段。

搬來「免費之城」半年後，各種免費和收費的食物給她增磅不少，把她的肉身，從一百一十，一百三十，一直推到一百五十磅。這四十磅肉平均分布在她身上，但在臉上、肚子上和脖子上的非常明顯。

警員們瞪大眼睛，大概幾乎認不出她吧！

我連上超市旁那間自助餐廳的管家系統。靠窗的好位子總是留給纖瘦的女人，也就是以前的默默。後來分派給默默的桌子不但不靠窗，離自助食物吧也很遠。沒有男人向她搭訕。有幾個曾經和她打過招呼的男人即使經過提示，也對她視而不見。她從未被拒進入自助餐廳，但很快就沒再去。

我爲默默找來各種相應的瘦身療程和健康食品，但默默只服食試用裝，效果不大；瘦身療程卻連體驗課也沒有興趣上。

很多食品供應商根據我上傳的資料，估計默默會節食，不願再送試食裝給她。電影公司繼續讓她看電影，多她一個觀眾並沒有損失。免費服裝供應商最大方，他們最喜歡胖子，貪圖他們身上每一寸空間都可以賣廣告。這種納米廣告衣，有些人穿上去很帥氣，默默卻像一個巨型的活動廣告看板，身上常展示的是昂貴的高清寬銀幕家庭影音系統，或是特大的家庭車。她收到很多納米廣告衣，只穿過一次就哭出來。

默默開始睡不著，在牀上輾轉反側，徹夜難眠。

「她開始不去見朋友，只在網絡的虛擬世界裡浮沉。」我解說：「她下了班後，開始花幾個小時在網絡上，有時睡不著就爬起來繼續上網。我懷疑她當時患了「免費之城焦慮症」中的其中一種症狀：「選擇焦慮症」。

「什麼來的？」

「就像你們剛才在門外說的，免費的東西太多，令人花多眼亂不知如何選擇，到底要喝哪支飲料、要去哪家餐廳、要看哪一套電影、哪一套電視劇、要怎樣盡情善用自己的人生？選擇太多了，令人暈頭轉向無所適從。默默變得長期無法集中精神，神經衰弱，也失去了自制力。」

其中一個警員深深吁了口氣。我看得出他有另一種「免費之城焦慮症」：「資訊焦慮症」，就是資訊更新的速度太快太多，招架不住，心生恐懼。他甚至沒聽過這種焦慮症的名堂，應該盡快找心理醫師面談。我發了個短訊到警察心理健康科。

我可以同時處理多個事項，不像人類般被不同的事務羈絆而彼此失顧。

「三十二天前，我發現默默的行爲開始出現嚴重偏差。」

早上四點二十分，體重已逼近一百七十磅的默默仍坐在電視前，披頭散髮。昔日的艷光已徹底褪去，但她的幻影仍然吸引警員們的目光。

他們看傻了眼。

我解說：「她自暴自棄，開始在工作崗位上遲到早退，或者告病假不上班，窩在網絡的虛擬世界裡，並有自我放棄的傾向。她不願意瘦身，愈來愈胖。在這個連美貌也可以購買的時代，胖已成爲一種罪惡，令她被歧視，她也因此出現更嚴重的偏差行爲。我拿她的行爲模式比照自殺者資料庫的數據，發現她在半年內自毀的機會高達百分之三十。我不能等事態危急時才處理，馬上聯絡醫療公司，強行在她體內注射納米機械人。」

「什麼來的？」

「納米機械人會在她腸道駐守，讓她不會汲取多餘的營養，而且由於腸道神經元能和大腦聯繫，納米機械人也會發出訊息叫大腦不要吃太多，逐漸改善她的體質。」

「這機械人貴嗎？」隊長很有興趣，他太太體重也高於平均值。

「她情況特殊，免費。」

「免費？」

「人命在免費之城裡是最寶貴的，不是嗎？」

一個月後，默默的臉蛋變瘦了，身材回復曲線玲瓏，不但站在鏡前搔首弄姿，還和牆身上的廣告主角——也就是她自己——翩翩共舞，陶醉在美好的新世界裡。

片段裡有些默默脫光衣服凝視鏡中自己身體的情節，都給我用噴霧處理掉。警員們看了不禁搖頭大嘆可惜。她的裸體和案情無關，即使她死了，我也要保障她的私隱。

「擁有一副亮麗的肉身，她再也沒有煩惱吧？不是嗎？」高級警員問。

「不，她要思考怎樣配搭衣服，怎樣穿出個性來。」

接下來連續好幾天，她不再留守在電腦前，而是站在鏡前，或者欣賞以自己爲主角的廣告。她自信滿滿，花大量時間打扮，瘋狂購買貴價而色彩鮮艷的錦衣華服，不容別人看不到。

她也不再品嚐免費的試食裝，不再吃免費的自助餐，而是光顧貴價的食肆，吃松鼠桂魚、龍井蝦仁、蟹黃獅子頭等名菜，全是用限額供應的天然食材。

「不過才幾個星期，她不只像換了身，簡直像換了人似的。」隊長不禁道。

「這和暴發戶的心理是一樣的。」我說，「一百個注射過納米機械人的人，就有一個會出現這種狀況，心理學家稱之爲『重獲新生自戀焦慮症』，也是其中一種『免費之城焦慮症』。」

「對商家來說，讓客戶瘋狂消費，恐怕就是供應納米機械人的原因吧！」

我不置可否，只說：「瘋狂消費了兩個星期後，她已欠下大量債務，總額是她五年的薪金。如果用銀行優惠的最低還款額，則要二十年才能攤還。」

「她買了不少名牌大衣，可以賣掉不少錢吧。」

「遠遠不夠。她最花錢的是滿足口慾，身材無後顧之憂嘛！知道她欠下巨債後，我幫她聯絡了財務公司，打算做債務重組，但還是遲了一步。」

我凝視窗外的風景。

沒有默默的世界，她的笑聲從此只存在於數位檔案裡。

我不必重播默默自殺的片段，大家都知道結果。影像再投射一百次、一千次、一萬次也不會讓她重生，也不會再現其他線索。

兩位警察也沒有多話。默默的案件簡單直接。死因是自殺，沒有可疑。他們很快會達成共識，結案陳詞，把記錄存檔在資料大數據庫裡，供日後其他探員爬梳，挖掘數以千計看似毫不關連的自殺案之間的特徵、趨勢和相關性，發掘潛藏的原因。

可是，他們永遠不會有任何發現。

因為提供資料的，是我們，是管家系統公司，也就是操控自由經濟特區的「免費之城」市政府。

警員們的後腳剛離開大門，我就收起幻影。一切如我所料，進行得相當順利。默默的屍體已給運走，大廈平台上的血跡也給洗得一乾二淨，就像默默在「免費之城」這個人來人往的大城市裡很快就會被忘記。

屍體不會說話，就算會，也不會道出整件事的真相。

因為默默根本一點也不知道。

默默喜歡吃，也喜歡做菜。她有時做的分量往往不只讓一個人吃飽，而是足以讓四到五個人飽肚。每次聚會吃飯聊天，她都端出一盤又一盤的美食，讓大家大快朵頤。獨樂樂，不如眾樂樂。她喜歡朋友的歡笑聲。

免費，不求回報。

「免費之城」建立在「免費」之上，但其實講究後續回報。她展開無償送贈，萬一網友學她，「以物易物」、「以物易服務」、「服務易服務」等不良風氣就會蔓延全城。「免費之城」的商業邏輯就無法運轉下去，也會威脅各企業的利潤。

我不能坐視不理。我是管家，照顧默默的起居生活是我的工作，但保障各企業的利益要優先考慮。她的存在不只是我的焦慮，也是各企業的焦慮，更是「免費之城」的焦慮。

在她改變我們的命運前，我們先發制人。「以物易物」我們見過不少，幸好全給消滅於萌芽狀態。我給她訂了大量增肥食品。很少女人可以抗拒誘惑。要打擊女人，最好從她的外表入手，最後她會答應注射納米機械人……這和製造交通意外沒有兩樣。

世上沒有免費午餐，納米機械人也不是免費供應。我們要徹底改變她，把她的自殺率由百分之三十，提升到百分之一百。納米機械人不只可以控制她的體重，也可以控制她的思想和行爲，讓她迷戀自己的肉身，讓她瘋狂消費至無法自拔，讓她欠下無法承受的巨債，讓她從窗口跳出最美麗也是最後的空中探戈，在平台上留下無人能參透眞相的血紅，讓表面的種種假象變得合理，讓錯落的音符歸位成爲一部莊嚴的安魂曲，讓我們的焦慮在樂聲中消失於無。

〈免費之城焦慮症〉完

閃人

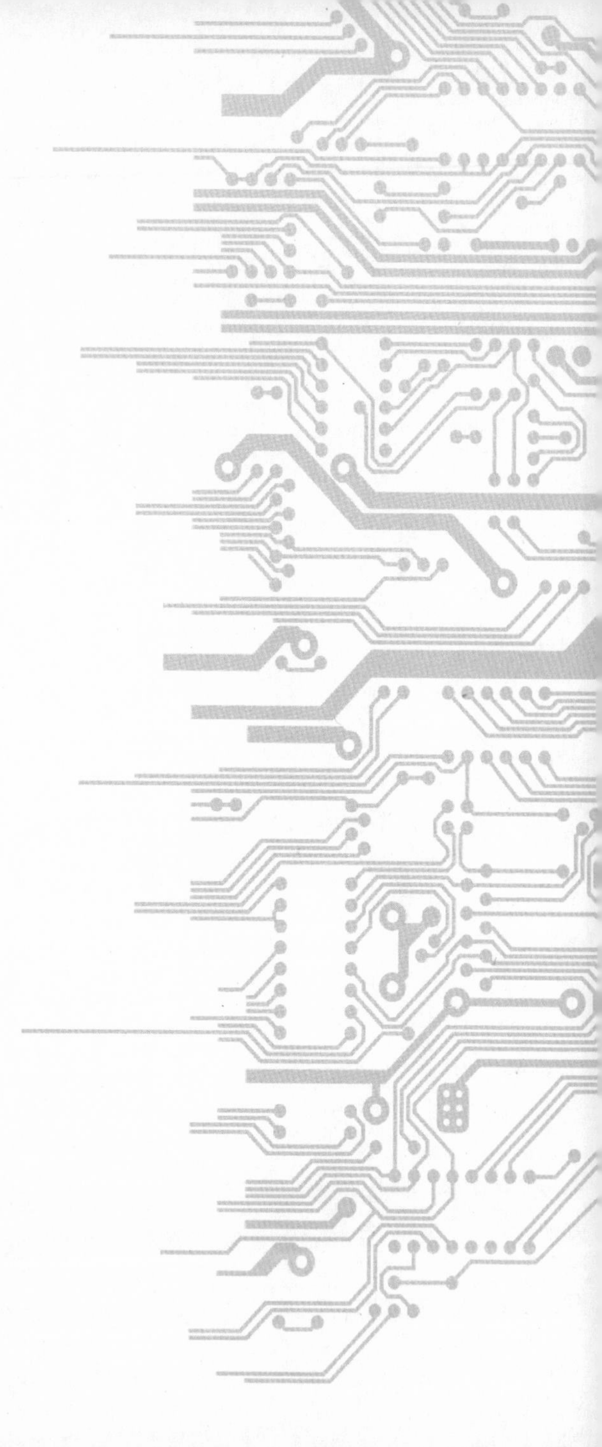

世上有各式各樣不同的組織和協會，也有大量巧立名目的會議，但只有非人協會會特地選擇在極難抵達的地點舉行大會。

「爲什麼要跑到這種地方來？爲什麼不隨便找家酒店？」范總管有點困惑。他雖然神通廣大，且在會內德高望重，但已退下總管一職，無法決定大會地點。

「既然是非人，就不一定要在容易舉辦的地方舉行會員大會。」明白老夫人是目前非人協會總管，大家只好聽她的。

「能夠來到這裡，做到常人不一定能做到的事，顯出超乎常人的能力，才符合非人協會的精神。」白素附和道。

「我同意，但指定要到阿茲諾茲湖來，肯定另有目的。」范總管道。

「這當然。」明白老夫人說。今天雖名曰會員大會，但出席人數只有三人。非人協會一向以會員數量少見稱。

阿茲諾茲湖是全世界最獨特的地方之一，獨特之處不在於阿茲諾茲湖是個有潮汐的巨湖，而在於湖心島並不會長期浮出水面，時隱時現，現身的時間日日不同。以前常有遊客走不及而被沒頂，政府已禁止遊客登島。非人協會這天是付重賞僱船家偷偷登島。

「這天湖心島現身的時間只有一個小時，我們連開會的時間也不夠。」范總管舉頭四顧，不見一條人影，「不是說要推薦一個人入會嗎？人呢？」

「還沒來。」明白老夫人答。今天要入會的人是她發掘的，范總管和白素都沒見過。

「怎麼一點時間觀念也沒有？我怕一個小時不夠他解釋自己的入會資格。」范總管身爲前總管，要求非常嚴格。

「沒錯，否決一個人很容易，畢竟連衛斯理也可以輕易被否決，但要接受一個新會員，相對來說很困難，我們需要的，遠不只一個很好的理由，而是一個超乎常人的理由。」白素說。對於衛斯理一家三口只有她自己一個可以入會，連她也覺得不可思議，但正因爲連衛斯理也無法入會，把關就應該極其嚴格。

「只要這人來到，就代表他有資格入會。」明白老夫人一句話就清楚表達了立場。

「這太簡單了吧！雖然我們的會員人數很少，甚至有很多年時間少到只有一個會員，但也不必爲了擴充會員人數而把入會要求降到這麼低。」范總管抗議。

「錯了，只要他能來到，就證明他比衛斯理夠資格。」明白老夫人轉過頭來對白素說：「希望妳別介意。」

明白老夫人開始講她的故事。

嚴格來說，這不是故事，而是我的親身經歷。

那天朋友約我去酒吧。他是家財萬貫就算十代子孫都不事生產也可以過上流社會生活的那種人，但每次和老婆吵架後都會回來這個他以前在倫敦讀書時常來的酒吧！

那晚我洗耳恭聽，他很聒噪，但不及跟我們相鄰而坐的年輕人。

「拿酒來！拿酒……酒來！」年輕人近乎聲嘶力竭，但看來酒量如海。

每個來酒吧的人背後都有故事，不知道這人來是爲了什麼，但我沒興趣管，倒是他衝著我問：「妳知不知道……什麼是超能力？」

這小子已經醉得走不動，還以爲自己是齊天大聖。酒館裡每天都有十個八個酒鬼這樣說：「妳不……不相信嗎？」他也不例外。遇到這樣的情形，我總說：「信，怎會不信？」

「妳明明不信，妳……妳臉上寫著『不信』兩個……兩個大字。」他說。

奇臭無比的酒氣從他口裡衝出，往我臉上襲來。

「這樣吧！」他露出詭異的笑容，伸出食指，「妳隨便說……說一個地方，我馬上到……到那裡去。」

我隨口說：「找英女皇吧！」他應了一聲後就不見了。我以爲他倒在地上，正要彎身找他時，他又現身了，手上多了一個有皇室徽號的小圓碟，笑嘻嘻地道：「這東西就是女皇……女皇陛下的，還有幾條頭……頭髮……染色的。」

這也許不過是掩眼法！碟子不知在什麼地方買回來？但他手法很快。酒館裡眞是什麼三教九流的人都有。我朋友也是半醉，搶了他的酒來喝，「到我家去吧！」

年輕人應了一聲後，就像剛才那樣消失又現身，手持一個相架，裡面嵌上我朋友和他老婆的合照。

「你們……信了吧！」

這是精心部署的騙局嗎？我們見過的奇人不少，但騙子更多。年輕人搶過酒杯，大把大把地往自己的口裡倒。等到酒瓶裡一滴不剩時，他慢條斯理地說：「你家女人的身材眞……眞不錯，看她換……換衣服時就看……看清楚了。」

我朋友氣在心頭，站起來揪著他的衣領，罵道：「你去死吧！」

他應了一聲後就在我們眼前消失。

「接下來幾天，我們在倫敦一帶的酒館打轉，希望再碰到這個人，可是嘛——」明白老夫人聳肩。

「會不會只是掩眼法？」

「信我，掩眼法絕對騙不過我的法眼。我敢寫包單說，即使當今世上最頂級的魔術師在我面前變魔術，我也可以輕易指出他的竅門所在。如果這種無遮無掩下消失是魔術，地球上應該沒有人變得出來。」

「如果這不是掩眼法的話，他就可能去了地獄，再也回不來。」白素想起衛斯理的經歷，「不是所有人都能來去陰間自如。」

「但也許他就是能來去自如地閃人。」

「能夠自由穿梭不同地點的人，我們可以叫他作『閃人』。有趣有趣，腳趾頭可以跨過非人協會的門檻。」白素說，「這種人入會我就服氣了。」

「怎樣找到他？妳不會登報紙吧！」范總管問明白老夫人。

「當然不會，先不論有沒有報紙願意刊登這個『要求一見』的廣告在頭版，我擔心的是他根本身處在一個接觸不到報紙的地方，到時來的只是記者。」

「妳有更好方法嗎？」范總管問。

「當然有，我會利用新聞引他過來。」

「有這樣的新聞嗎？怎麼我不知道？」白素自認消息非常靈通。

「妳當然不知道，因爲我還沒做。我現在才去做。」明白老夫人抽出手提電話，「喂，是電視台嗎？我有料要爆。我剛在阿茲諾茲湖附近旅行……對，就是那個有潮汐也有湖心島的湖。剛才有一架飛碟經過，把外星人留在湖心島上……不，那飛碟沒有停下來，而是打開底下的門，把人慢慢降下去……對，在湖心島上……當然沒有降落傘，外星人哪會用這麼落後的科技？他們好像仍在島上，我看得到……我的手機哪拍到那麼遠，你們快點派記者過來。」

明白老夫人掛上電話後，范總管道：「我覺得妳這做法還是不夠效率，應該上社交網站或者發短訊，傳播速度才夠快。」

「要是那人不用電腦怎辦？」白素說，「外星人應該覺得電腦是低科技玩意而不屑一顧吧！」

「先此聲明，我們非人協會的會員只能是人類，準確來說，是地球上的人類，外星人不符合我們的條件。」范總管對入會條件一向非常堅持。

「你就是這樣否定他嗎？」白素問，雖然沒有指名道姓，但大家都知道指的是衛斯理。

「我從來沒懷疑他是外星人，雖然他認識很多。」范總管笑了笑。

范的笑聲未落，樹林另一邊傳來一陣淅淅的聲音，三人的目光馬上射過去。一個人不知怎地冒出，和他們目光對碰後，也不怕生，慢慢踏過草地，伴隨微弱的碎石聲走過來。

那人穿便服，很年輕，只有二十出頭，很英俊，臉上流露異乎尋常的好奇心，但看來又對一切事物抱超然的態度。

「很快呀！」明白老夫人道，語氣恍似相識多年的老朋友。

「不，也不算快。我只是算對了時間。」年輕人輕鬆道。

「你不怕我們？」白素說。

「爲什麼要怕？」

「當然不用怕，反正有事的話，你可以很快離開現場。」明白老夫人推測。

「你們是外星人嗎？居然會講地球人的話？而且也裝得很像地球人。」

「我們看來像外星人嗎？」白素問。她是會裡和最多外星人打交道的一個，以全地球來算，則僅次於衛斯理。

「當然不像，愈是高科技的外星人，愈有能力把自己裝扮得像地球人。」

「你是在說你自己嗎？」范總管問。

「不，我是地球人。」

「我們也是。」明白老夫人拉回正題，「我和你見過面的，你忘了嗎？在倫敦的酒吧裡，大英博物館附近。」

「這些我都忘了。你們是在開會或野餐？」

「我們是一個叫『非人協會』的組織，全名是『有過非常人所能忍受、達到、經歷者協會』，正在討論你。」

「我？」

「我們對你很感興趣，閃人。」明白老夫人笑了笑。

「你們叫我閃人？」

「對，你能隨時閃人離開。除了瞬間轉移的能力，你也有穿梭時間的能力，對嗎？」白素問。

「你怎知道？」

「你比電視台的人來得還要快，顯然你是看到稍後的新聞報告才回到目前這個時空。眞是奇人，好想叫他來見你。」

「誰？」

「她老公，一個叫衛斯理的傢伙，很特別的人，大概是全地球上和最多外星人打交道的一個。」范總管一直上下打量閃人。

「他在家嗎？」閃人問。

「當然不在，他一天到晚都往外面跑。」

「你家在哪裡？」

白素報上地址。

「我找找看。」閃人把手放在額頭，口中唸唸有辭，「不行，他不願意過來。」

「你什麼時候問的？」白素問。

「剛剛，我去了又回來了。」

「他在哪裡？」

「你是指哪一個時候的他？」

「當然是現在。」

「我不知道他現在在哪裡。我是去找一個星期前的他，當時他一個人在家，我跟他聊了很久。他想我帶他去沙漠、高山、極地之類的地方，想體驗我這種瞬間移動的能力；可是，我的力量無法把一個活人帶來帶去。就是死物，也帶不了多少，頂多就是身上的東西。」

「胡說八道！你有什麼證據？」范總管問。

閃人又把手放在額頭上，再次張開手時，掌心有個袖口鈕。

白素認得那東西，表面看來平平無奇，其實裡面收藏了一個反物質粒子，是外星人送給衛斯理的禮物。

「他又說，任何非人協會的活動，他一千萬個不願意過來。」閃人補充道。

白素偷望臉色很難看的范總管和勉力保持鎮定的明白老夫人，希望她心臟承受得了。衛斯理很討厭非人協會，即使在她面前一句也沒提。

「可惡的衛斯理！」范總管咬牙切齒道。

「沒有衛斯理也不要緊，我們這非人協會，不解作『非有衛斯理此人不可協會』。」

「對，我知道你們所有人的來歷，他也說了你們兩位很多壞話。」

明白老夫人一個個字慢慢吐出來，「你聽過衛斯理怎樣說我們吧！」

「我們可以省下工夫直入正題，你這能力是怎來的？」明白老夫人當沒聽到下半句。

「我是來自未來的人。這不是什麼大本領，那時所有人都可以運用瞬間轉移的能力。」

「這麼說來，他沒有資格加入非人協會。衛斯理不也是曾經遭來自未來的機械人追殺嗎？難道那些機械人也有資格入會？」范總管說。

白素看出他下定決心要否決閃人入會。

「我對你們的協會一點興趣也沒有，不過，就像衛斯理向我說，我的特別之處，不在於我能穿梭時空，而在於我去過什麼地方、做過什麼。」

「你大不了就是去過銀行金庫搬走一大堆錢。」范總管說。

「當我們能掌握穿越時空這種本領時，你以爲我們的世界裡仍需要錢嗎？抱歉，關於未來，我只能講到這裡。就像我說的，我的特別之處不在未來，而在過去。」

「你改變過歷史？」白素聽出玄機。

「這我不知道，因為我無法比較我去過前和去過後的差別。我做過的一切，已經融入歷史之中。」

「你曾經成為歷史名人？」白素追問。

閃人點頭，有點害羞。

「嗯，這才稍微像樣一點。」明白老夫人道。

「你們是不是應該要問我留下什麼名字？」

「你直接說吧！」范總管沒有耐性。

「我要你們去猜。」

「我們居然要玩猜謎的遊戲？」明白老夫人不禁失笑，「我們時間不多了。」

「是衛斯理教我的。沒時間的話就要快。」

白素笑得瞇起眼來，果然是衛斯理的作風。

閃人開始猜謎遊戲，「我去過法國。那時爆發鼠疫，很多人病死。就算沒死的人，也對未來看得很淡。我認識了一個對神祕學很有興趣的醫生，於是假裝是他的病人，表示能在半生半死之間看到未來，順便把關於未來的種種告訴他。」

「如果我沒猜錯的話，這人後來寫了詩。」白素猜道。

「諾查丹瑪斯[1]。不難猜啊！給我們難度高一點的。」明白老夫人搖手道。

閃人還沒開口，范總管就搶白：「這些騙小孩的玩意，你以爲我們會上當？」

閃人笑了笑，手上平空多了張紙，「你們自己判斷。」

白素接過來看，這是張非常粗糙也非常厚的紙，拿來當廁紙用也不行，看得出是古代的紙，但不像博物館珍藏的那麼舊，上面用法文寫了四行字。

「這說明不了什麼，不能證明是諾查丹瑪斯本人的手稿。可以是當時隨便一個識字的法國人寫下來的東西。」范總管道。

閃人用眼尾掃了一眼范總管，「我也去過好多好多年前的中國，在那裡碰到一個說書人，他正爲某部後來成爲經典的故事發愁，覺得那樣老老實實講故事很無趣，就是我向他示範了一次時空穿梭的能力，從很遠的地方，拿了好幾樣他從沒見過的異物給他看。後來，他把這變成他筆下主角的能力。」

「我對中國古代文化一點也不熟。」明白老夫人道。

「這故事很多西方人也熟，那主角後來變成某漫畫和動畫的主角。」

1 諾查丹瑪斯：原名米歇爾・德・諾特雷達姆（Michel de Nostredame），（1503-1566），香港譯爲諾查丹瑪斯。是一名法國籍猶太裔預言家，同時是一名瘟疫醫生。後世研究者從他的四行體詩體裁預言集《百詩集》（*Les Propheties*）中，發現許多與歷史事件、重要發明相關的預言。

「我對漫畫和動畫更不熟。」范總管一臉鄙視。

「什麼非人協會？原來是『並非現代人協會』，你們是跟現實脫節的原始人。」閃人用言語狠狠刺出一刀。

「你敢再說？」范總管怒目直視，幾乎要動手。

「孫悟空。你的能力給視像化爲筋斗雲。」白素及時解圍。

「妳又猜對了，很聰明。」閃人不禁讚道。

「我猜得出，不表示我沒有疑問。以我所知，孫悟空的來源是印度教裡的一個神猴，跟你的出現一點關係也沒有。即使佛教中的觀世音我們一直視爲女身，其實初來中國時有一段很長的時間是男身，在原本的印度教體系裡，甚至不是人形。」

「如果我告訴你們，印度教那個神猴也是我來的，會不會改變你們的想法？」

「這並不是什麼非人的經歷。衛斯理出了那麼多書，也不具備入會資格。」范總管不客氣道。

明白老夫人看手錶，「時間不多了，舉個眞正教我們拍案叫絕的例子。」

「話說我去過古印度，也就是佛教誕生的時候，見過佛祖本人。他很聰明，想法跟視野遠遠超過當時的人。我跟他討論了人類的過去和未來，也成爲他的入室弟子。後來他們編佛經時，把我編了進去。」

「你不可能是四大金剛或者六祖慧能。」明白老夫人說。

「別亂猜，他們不是佛祖的弟子。」白素糾正。

「佛祖是不是也有十二個弟子？」范總管問。

「那是耶穌和他的十二宗徒，在很多畫上出現過。而我這個佛祖弟子，也給造了像，在很多地方都能找到。」

明白老夫人望望白素，又望望范總管，三人互相對視，摸不著頭腦。

「猜不到嗎？非人協會原來表示『並非聰明人協會』，只是幾個怪人聚在一起自鳴得意自得其樂自欺欺人。」閃人捧著腹，哈哈笑道。

白素突然靈光一閃，「你是彌勒佛。」

「那是什麼？」明白老夫人問。

「簡單來說，就是未來之佛，會在幾萬年後回到人間，也和觀音一樣，彌勒佛這說法在古印度就有了。」白素解釋，「傳說日本的空海大師爲彌勒佛轉世，而且會在五十六億七千萬年後降世，再次普渡人間，葬在高野山的人會隨未來彌勒佛去到西方極樂世界，所以日本人希望死後安葬高野山。有人認爲彌勒佛和天主教的救世主彌賽亞是同一個人。」

「沒錯，都是我呀！我回到不同的時代，把關於未來的想法告訴他們。雖然我無法像上帝般創造世界，但我仍然可以改變世界。如果我能影響那些宗教創立人，就能改變千秋萬世的人心。宗教其實是人類發明的最偉大玩意。」

「等等，根據衛斯理說，所有宗教創立人，其實都是外星人。」白素道。

「沒錯，他們分辨不到我是未來人或外星人。忘了說，我也接觸過穆罕默德，示範了瞬間轉移的能力，所以在回教裡有一個名詞，叫『Tay al-Ard』，解作『摺起大地』，意思就是：腳也不必動，就能去到其他地方。」

范總管說：「你講了這麼多，全是你的一面……」

「我騙你們沒有意思，是你們想我加入非人協會爲你們爭光，我本人並沒有意願。我的本領不需要非人協會加持。」閃人打斷他的話。

「討厭，又是衛斯理的口吻。你是在玩弄我們。」范總管不管白素的冷眼。

「不，他說的，都是眞話。」有把聲音道。

閃人聽了，馬上把手探到額上，但三個黑影平空現身，一出手就把他打昏，擊倒在地上。三個不速之客定下來後，眾人才看到是三個黑衣人。身上的裝備只有一個掛在腰間巴掌大的正方形盒子，用途應該超乎想像。

「你們馬上要自稱來自未來，屬於什麼時空調查員之類吧？」白素問。這種情節已在無數科幻小說裡出現過。

「說得沒錯，我們可以省下自我介紹。」其中一人道。其他兩人合力給閃人戴上手銬。這道具在未來也是同一個樣子。

「他眞的改變過歷史嗎？」白素又問。

「沒錯。」那人沒好氣道。「剛才他講的全是眞話。」

非人協會三個會員交換眼神，說不出一句話來。這人做過的事之奇特可說前所未有，甚至空前絕後。

「不是說他做的已成爲歷史的一部分嗎？你們怎能改回來？」白素追問。

「他做的並不是最後定案。現在大部分歷史已經包括我們花了大量人力物力改回來的修正。」

「我們早就知道從未來回到過去的人沒有好東西，就像來到地球上的外星人一樣。」范總管瞟了白素一眼。

「我不同意，這只是你的偏見。衛斯理見過很多好的外星人，也記載在小說裡。」

「這傢伙做了很多壞事嗎？」明白老夫人問。

「很多，不過，我只要說一件就夠了。他回到遠古時代時，和某個原始動物打了起來。」

「怎會打起來？」白素幾乎要破口大罵，「那到底是什麼動物？」

「那是一頭地猿。牠以爲這傢伙是闖入地盤的敵人，很自然上前攻擊。這傢伙也不知怎樣少了根筋，居然和牠打起來，踹了好幾腳。如果不是被我們阻止，也許會把那個不到四呎高的動物踢死。」

「那地猿該不會是……」明白老夫人幾乎翻白眼。

「那是人類最早期的一個祖先。要是殺掉，現時所有人類都會馬上消失。」

「可是人類消失了，又怎會有這傢伙回到過去？」白素問，這是科幻小說裡常出現的「祖父悖論」[2]。

「問得好。他把自己設計成可以超越這種時間迴旋的限制，獨立於時間之外。就算人類死光了，他仍然存在。我們現在拚命追捕他在其他時間軸上的分身，有些歷史被他搞到亂七八糟，我們會努力撥亂反正。」

在這個連小孩子也懂得平行宇宙的年頭，白素原以爲對方會提出很驚天動地也很有創意的答案，結果還是一點新意也沒有。

未來人離開後，白素打破沉默，「以他的所作所爲，還有人要討論他加入非人協會的資格嗎？」

明白老夫人搖頭，沒有答話。

范總管冷道：「那個幾乎被他踢死的人類祖先，比他更有資格。」

〈閂人〉完

2 祖父悖論：是一種時空旅行的悖論。一九四三年由法國科幻小說家赫內．巴赫札維勒（René Barjavel）提出。內容爲假設某人回到過去，在自己父親誕生前殺了對方父母（即自己的祖父母），矛盾因此出現。

殺妻

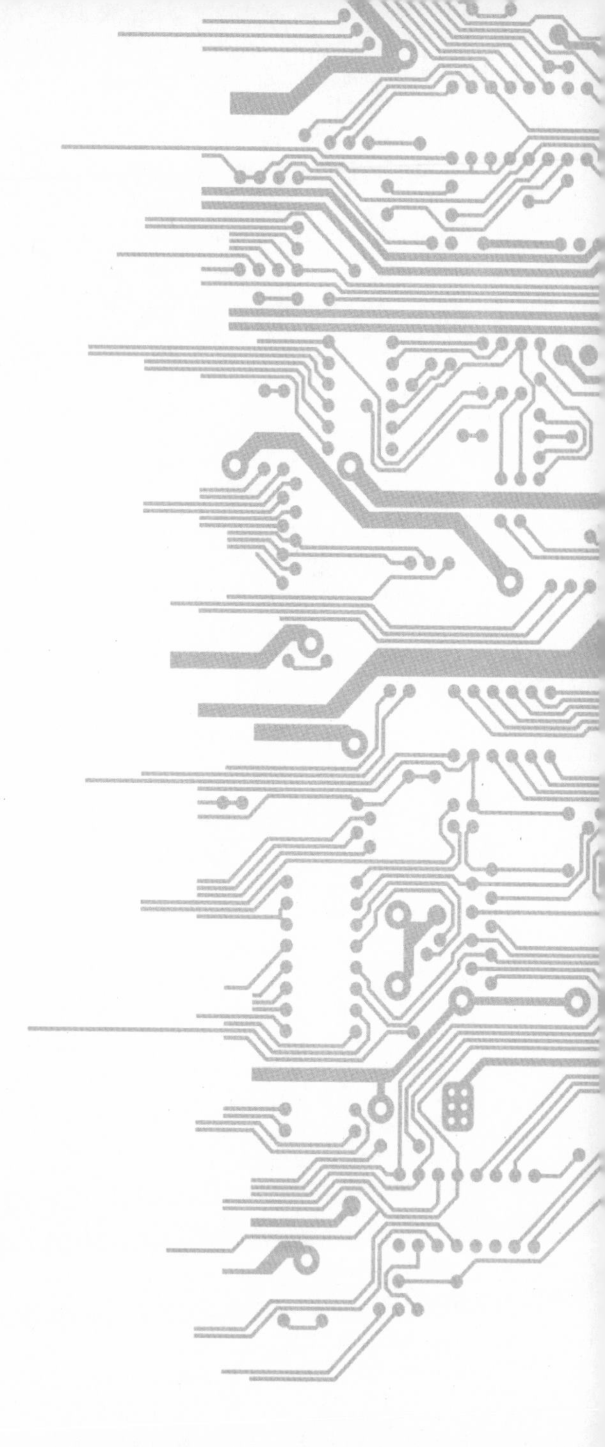

他忘了到底是什麼時候生出把妻子殺掉的念頭，只記得已經醞釀好幾個月了。原因和其他教授一樣，跟自己的一個女學生打得火熱。而妻子從二十多年前開始投保了銀碼不小的人壽保險，年代久遠得不會讓他令人懷疑。

殺妻很簡單，事實上，專家說：殺人很簡單。只要動了第一刀，你的本能會驅使你盡快完成下去。如果你後悔，就更不想對方再痛苦。

最難的是處理屍體，特別在香港這種人口密集的城市。保全系統雖然不是無處不在，但妻子從進入大廈門口開始，在大堂和升降機裡的一切動靜全被錄影下來。如果有進沒出，問題出在哪裡就很明顯了。所以，他採取的殺妻手法很簡單——偽裝意外。

她喜歡登高，他就趁星期六兩人攀山越嶺時，在最險要的一段路上推她一把，宣稱她失足墜崖。這種等級的意外多不勝數。消防員用繩索把遍體鱗傷沒有生命跡象的她從底下的亂石堆吊上來時，他放聲大哭，再擠出多點眼淚來。警方並不完全依賴科學鑑證，也會觀察疑犯的反應，如果覺得他是凶手，就會像狗般死命咬著骨頭不放。

警方帶他回警署錄口供，雖然客氣，但並不因他剛死去妻子而鬆懈。八個小時後，當胖胖的警司拍他肩頭，放他回家叫他節哀順變好好保重時，他知道自己過關了。

他回到兩人住了多年的家，她的身影從此不會再出現。他暫時還不能把她的私人物品全部送進垃圾袋裡，否則警方突擊上門時會懷疑。即使她的牙刷杯子化妝品鞋子手袋和衣服等私人物品根本沒有價值，但起碼要保留大半年。她的照片和戒指等則要保留更久，甚至一輩子。

他站在鏡前如麥克白[1]夫人般用力洗手，但沒用妻子遺留的洗手梘液，因為腦裡生出按下會流出鮮血的畫面。他暫時不會聯絡女學生，怕會被竊聽。完美的犯罪要成功，就要慎防百密一疏。那群警察一葉即可知秋。

辛苦了一天，那晚他倒頭就睡，無夢到天亮。

不料第二天……

他醒來時，發現她仍躺在他旁邊，發出均勻的氣息。

他心跳猛烈加速，但極力保持冷靜。如果她要殺他，他根本不會醒過來。

她不但沒有血流披面，臉上也沒有傷痕。

他摸她的腰，即使隔著睡衣，也感受到她的體溫和呼吸時的起伏。他甚至嗅到她的體味，是人到中年身體抗氧化力減低的加齡臭。

不是她的鬼魂回來尋仇，他不用害怕。

他驚動了她。她轉過頭來睜開惺忪的雙眼時，展露他熟悉卻早已厭惡的淺笑。她對他的殺意一無所知，甚至沒想到他曾經向她下毒手。

他向她堆出笑容，怕她洞悉他的想法。

他轉身看鬧鐘時發現更詭異的事。這不是謀殺她次日的星期日，而是準備殺人意外的星期六早上。他們稍後要吃了早餐才出門。

原來他尚未動手，腦裡的殺妻記憶只不過是一場逼眞無比的夢境，似乎預告他的成功。

他和妻子再次出門後，在同一地點把她推下山。他報警，警方、消防和飛行服務隊很快來到。他給帶去警署，胖警司跟他講同一番話。他回家，好好睡一覺，第二天妻子又回到身邊，時間又回到星期六。

見鬼！荷里活[2]拍過好幾部這種題材的電影，主角陷入了時間迴圈裡不能自拔，要有所覺悟後才能跳脫無間地獄，否則就不是萬劫不復，而是日復日的永劫回歸。

他心想只要不出門不登山就可以破除魔咒，可是她硬要拖他出門，否則就和他吵大架，說他一直躲在家裡不運動有損身體健康。爲了不想大動肝火，他只好隨她，也終於在山上發難。

他推了她不知多少遍而她同樣死了無數遍後，他把他們兩人身陷時間迴圈的怪事告

1 麥克白：台譯馬克白（Macbeth），是莎士比亞同名悲劇的主角。因爲野心和妻子的慫恿，暗殺了國王登上王位；後來在罪惡感的折磨下，馬克白夫人漸漸精神崩潰，出現了手上充滿血污的幻覺，因此不斷洗手，試圖洗去不存在的血跡。

2 荷里活（Hollywood）：台譯好萊塢，是美國加州洛杉磯的地名。

訴她，她卻只笑他爲了不想登山而構思了一個沒人相信但創意滿分的藉口，但也要陪她出門。

悲劇不斷重演。他想過自殺，起初鼓不起這勇氣，最後終於從窗口跳出去，很痛才死去，但睜開眼後又回到床上，聽到妻子的呼吸聲。

爲了表明他要改邪歸正的決心，他發了短訊給女學生，說要和她分手從此一刀兩斷，可是即使殺了妻子回到家後仍然沒有收到她的回音。

這事匪夷所思，連他堂堂大學教授也無法解釋，不得不相信在他之上，有一股宏大的力量在操控一切。

他排除是外星人作怪。不是他不相信有外星人，而是外星人不可能要全人類陪他在時間迴圈裡打滾。如果是針對全人類的話，也不會剛好挑在他殺妻子那一天發生。他從不相信巧合。

比較合理的解釋是，他活在電腦模擬的世界裡，這是技術和成本上最可行的。那謀殺案和他無關，他只是身處一個電子遊戲裡供玩家娛樂，或者供心理學家去瞭解罪犯心理狀態，或者只是犯罪博物館的展品。雖然也有其他可能，但這三種想法一直名列前茅。

一念及此，他就覺得自己的罪名輕得多了。他根本沒有自由意志，只是個被操控的個體。他執行的都是預設下必然會發生的行爲，不由他作主。當他看到跟妻子的合照和兩人辛苦經營的家時，他開始同情他飾演的角色：好不容易才追到手的女人，爲什麼到最後會殺掉？如果早知道這結局，兩人根本就不應該開始。

他為當下的處境進行了無數哲學上的思考，但始終無法脫離困境。他在周而復始地度過「醒來，登山，殺妻，盤問，回家，睡覺」的一天，妻子也死了千百遍復生了千百遍後，倏然如醍醐灌頂，想起薛西弗斯（Sisyphus）的故事：每天把巨石推上山，但巨石又會滾下來。永無休止的狀態和他一樣。他意識到這點後，就產生了新的看法。

警方知道案件是他做的，他當下的處境是盤問的一部分，要他坦白招認才會結束。於是他向警方自首，但胖警司說他只不過是自責，再次叫他回家好好休息。這又讓他認為他身處其中的不是盤問，而是懲罰。胖警司找到他和女學生的姦情，也找到環境證據證明他有罪，法官判了他無期徒刑，用嶄新的技術——他本人一直躺在監獄的床上，長期不省人事，精神狀態一直停留在同一天，沒有出路。法官要他受精神折磨，要他後悔莫及。

他早就後悔。妻子的體溫和氣味喚起他們兩人初相識時的甜美記憶，那時她仍是女學生，兩人都是初戀，很早就視對方為終身伴侶。他們唸出結婚誓詞時說「即使對方患上危疾也要同甘共苦白頭到老」，可是後來他居然殺掉她。他對得起她和當年的自己嗎？他懊悔不已，不斷自責。雖然那一天不斷重演，可是他卻無法阻止自己一次又一次把她推下山，聽到她往下跌時發出的叫喊，和她著地時低沉的巨響……

這種精神折磨是否就是對他的懲罰？

他不知道。如果這是懲罰，它最折磨人的地方，不是讓你無法離開，而是讓你無法確定這是不是懲罰，要你抱著懷疑和痛苦直到永遠。

他也不知道從什麼時候開始作夢，夢裡的她在停屍間裡向他展露如花初綻的笑顏。

〈殺妻〉完

北投溫泉鄉的神奇泉水

北投由日本人發展爲溫泉鄉，後來北投一度沒落，成爲煙花之地，曾被戲稱爲「風景文化區」（風化區）。新北投線通車（一九九七）後，北投逐漸變身爲觀光區，市民發起活動活化北投溫泉博物館（一九九八）。後來凱達格蘭文化館（二〇〇二）和漂亮的北投圖書館（二〇〇六，正確名稱是「台北市立圖書館北投分館」）相繼落成，讓北投成爲旅遊指南上的必到景點，從「風化區」變成眞正的「風景文化區」。

這裡本來只是溫泉鄉，直到一通電話……

有個男人打電話報警自首，自稱是被通緝多年的江湖人物「劉天王」，現時正在北投某家溫泉旅館裡……等待拘捕。

警方接報後，心想很有可能是惡作劇，「劉天王」曾因放高利貸殺死上門討債的黑幫小頭目而遭黑白兩道追殺，在警方的通緝名單上已經三年。如果被捕，即使最後不判處死刑，坐幾十年牢是免不了的，但估計很有可能在牢中被仇家的人招呼。

不管報警的是疑犯還是其他人，警方仍嚴陣以待，不敢掉以輕心，馬上調動大批人馬前往溫泉旅館，並展開重重包圍，封鎖前門後門側門等所有出入口。警方沒有換上浴衣，而是足踏皮鞋，從本館穿過走廊、休息室、男更衣室，直達男湯，毫無困難地發現了「劉天王」。他仍浸泡在溫泉水裡，閉上眼睛像很是享受的樣子。警方來時，他舉起雙手，氣定神閒，並無反抗，胸前一雙飛鷹紋身證明他是那個貨眞價實的通緝犯沒錯，兩道揚起的濃眉仍然維持黑道殺手的氣勢，身邊除了一條毛巾和一部防水手機外別無其他。

警方不是沒試過去溫泉鄉逮捕疑犯，但都是以收到舉報後採取行動居多，給毫無準備的疑犯扣上手鐐。疑犯除了罵髒話外毫無反抗能力，像這種赤身裸體自動投案的少之又少。

「劉天王」在接受審訊時坦白招認，除了原本的殺人罪行，在逃亡時還犯下無數搶劫罪，這些警方都不意外，最大的懸念是他爲什麼會自動投案？如果只是單純的良心發現，爲什麼要挑赤身露體時被捕？這近乎拋棄個人尊嚴；而且他手頭上仍然持有五十多萬台幣現金，足以讓他逃亡一年以上；黑道沒有他的下落，並不構成「走投無路」的情況。

「我心裡有個很大的黑洞。」「劉天王」在審訊室裡自白道。「浸泡在溫泉裡意外讓泉水把洞填滿，教我良心發現。」

警方認爲這種像從電視劇裡抄來的台詞毫無說服力，但也找不出「劉天王」自動投案的眞正理由。

懸念直到第二個赤身裸體在溫泉裡等候警察抓自己的「張天王」出現時才找到線索，從第三個的「黎天王」起開始成爲公式，愈來愈多通緝犯在那家溫泉旅館報警投案，簡直蔚爲風潮，就像自殺會傳染一樣。

警方開始以爲是類似「斯德哥爾摩症候群」的「北投溫泉鄉症候群」：投案前去北

投溫泉做最後一次浸泡，畢竟進了監獄就不可能再享受泡湯的樂趣。不料，其後犯罪心理學家找了一批窮凶極惡的犯人對照組來做雙盲測試時，竟發現這批不願悔改的犯人聲淚俱下，請社會原諒他們犯下的過錯，證實原來這溫泉水擁有令人在心靈上獲得紓解後說實話的神奇力量！

除了罪犯外，專家又另外找了百多個志願者做試驗，發現只要在裡面浸泡超過十分鐘，就會開始口吐眞言。時間愈長，願意坦白的事情愈嚴重。

十分鐘，是一般謊言，無傷大雅，如讚伴侶的打扮不錯；

二十分鐘，是中級謊言，如假裝生病向公司請假；

三十分鐘，是嚴重謊言，後果嚴重，如向伴侶坦白自己有外遇。

這個發現本來並不打算公布，但好幾個浸泡了很久的志願者做完試驗後，根本不用記者旁敲側擊就自動爆料。其中一個志願者還對前來採訪的電視台記者說他其實是「無間道」——他不是一般志願者而是雜誌記者，打算把新聞寫成專題報導，說這泉水根本騙人，不料這溫泉水原來眞的有效，他還忍不著爆料說自己除了有老婆外，和雜誌社裡好幾個女記者都有一腿……這訪問播出後馬上引起社會轟動。

「泉水不只令人舒暢，也能令人正視自己的內心陰暗面，是最上乘的心靈療癒。」有個記者寫道。

這種意想不到的效果固然令人嘖嘖稱奇，也爲溫泉帶來大量客人。夫婦結伴去溫泉，就是想看伴侶有沒有對自己不忠。這個本來是男女分開的裸體溫泉，順應時勢變成混浴，男男女女都穿泳裝進去，沒有人再是單純爲了泡溫泉而來。

本來客量不多的溫泉旅館，變成從早到晚都擠滿了人。老闆要控制人流，也要控制時間。一般來說，泡溫泉的時間不適宜太長，泡十分鐘以上就容易不適。有些人爲了要逼供，硬是要對方在溫泉裡浸泡半個小時以上，也有人拿了寶特瓶把泉水裝走，或者在這裡吃溫泉蛋——爲保護泉水這珍貴資源，也怕垃圾污染泉水，溫泉旅館因應各種情況訂下大量規條，而且幾乎隔天就會加一條新的上去。規條愈多，願意付出耐心一條條看下去的客人愈少，老闆只好找專人向準備入浴的客人講解內容不斷變化的規條。

客人進了浴場後，也許會以爲耳根終於可以清靜，但其實浴場裡更吵，不時傳來哭聲，有人聲淚俱下坦白招認自己犯下的過錯：曾經私通、外頭有私生子、欠下地下錢莊鉅款、做過風化業、把公司機密情報賣給競爭對手等等。

溫泉旅館對客人的私隱沒有興趣，也理不了太多，他們只想圖利，已經和一家公司簽好合同，準備把溫泉水以瓶裝的方式出售，售價當然不是便利商店的瓶裝水可比，而是如紅酒般，並準備出口到國外去。「眞話溫泉水」，連名字也想好了。另外，還有「眞話浴鹽」，聲稱可以在自家的浴缸做到同樣的效果。

「如此珍稀神奇的溫泉水，就只有這種用途嗎？」

有個學者在網路上發表意見，認爲如果只是用溫泉水解決家事或賺錢，只是大材小用。正如天生我材必有用，這溫泉的出現，必有其形而上的偉大意義。

「我們能透過溫泉水證明一個人有沒有撒謊或殺過人。這可以解決冤獄的問題，也希望可以從而解決『廢死』的問題。」

面對涉及重大案情的疑犯，與其刑求，倒不如叫他們在溫泉裡浸泡說出實情，這就可以避免錯判和枉死，讓眞正的犯案人無法逃出法網，彰顯正義。

原來只用來處理家事的泉水，給提升到可以處理社會大事的層次。

這個，也許才是老天爺讓溫泉水有吐眞言效力的意義。

「讓溫泉水用得其所，令死刑用得其所！」有人高呼。

這個溫泉變成當代的包青天。比起有七情六慾的包青天，溫泉更鐵面無私。

不過，即使一個人眞的有罪，問題仍然沒完沒了。社會有沒有執行死刑的權利？死刑是否以暴易暴？反過來，也有人說，只有上帝才有寬恕罪人的資格，即使神父也沒有⋯⋯兩種看法在社會上爭論不休。

「人有沒有不接受測謊而保持隱私的權利？」

「說謊也許有不為人知的理由！」

「公開私隱是另一種國家暴力！」

每次有人想到溫泉的新用途，都會引起新的問題。溫泉水看似解決了一些問題，但往往引申另一個層次的哲學問題。每個新提議都會馬上引起社會上的激烈討論。新的問題一浪接一浪，好不容易終於有一個終結所有問題的問題提出來：「政府應不應該把這個有神奇效力的溫泉買下來？」

這很自然又引發其他社會議題：

「如果要買，價碼應該是多少？」

「被收購後什麼人可以使用這溫泉？」

「爲什麼要花錢收購？不是應該屬於國家的嗎？」

從來沒有一個溫泉可以引起社會如此激烈和廣泛的討論。溫泉像每天都拋出新的問題尋求解答，但從來沒有人可以提供足以服眾的答案。

有人說，這不是「坦白之泉」，而是「哲學之泉」，連哲學家面對這泉水也不敢多言，怕多言多失，因此只能慎言。

只是過了沒多久，確實的日子也沒人說得上來，溫泉水的效力竟然消失，教多少夫婦不知該抱憾還是慶幸，他們那個建築在浮沙上的婚姻得以和謊言一起保存下來；也教不知多少政客鬆了口氣，他們那些無法見光的祕密可以永遠鎖在不爲人知的暗角裡。

溫泉專家再次拿溫泉水去做分析，發現中性碳酸鹽的鐵礦泉成分和早前的樣本並無二致，分子結構沒有丁點差異。由始至終他們也想不到有什麼化學成分可以令人老老實實說話。

即使溫泉的效力終於消失，但仍然爲北投帶來大量旅客，情況就像歐洲那些曾經落淚的聖母像，一次奇蹟就足以揚名千古，更何況泡溫泉，本來就是一種樂趣、一種享受。

日本人有「從清水舞台跳下去」[1]以示決心一說，現在台灣人也有「去北投泡溫泉」的說法，但意思已經從早前的「以示清白」變成現在的「你想騙誰」！

即使溫泉水效力不再，仍然有一批人守在那個溫泉旅館旁邊，他們相信溫泉水的效力隨時會回來。

但到底是什麼時候，沒有人知曉。

也許，等到民眾準備好了，那個效力就會重現江湖。

北投原爲凱達格蘭族北投社人的聚居地，名字Pakto就是「女巫居住地」的意思。有人認爲神奇溫泉水是女巫賜的，只要找到女巫，神奇溫泉水就會再從泉眼噴出來，所以，尋巫行動已經盛大展開。

不管最後能否找到，那些原本打算以紅酒價格出售的溫泉水，現時在那家溫泉旅館還能買到。館方聲稱是在泉水仍然有效時裝進寶特瓶的，所以效力仍然存在……信不信由你！

〈北投溫泉鄉的神奇泉水〉完

1 從清水舞台上跳下去（清水の舞台から飛び降りる）：日本諺語。指抱著決心，義無反顧地去做某件事。清水指的是京都清水寺。

斷章

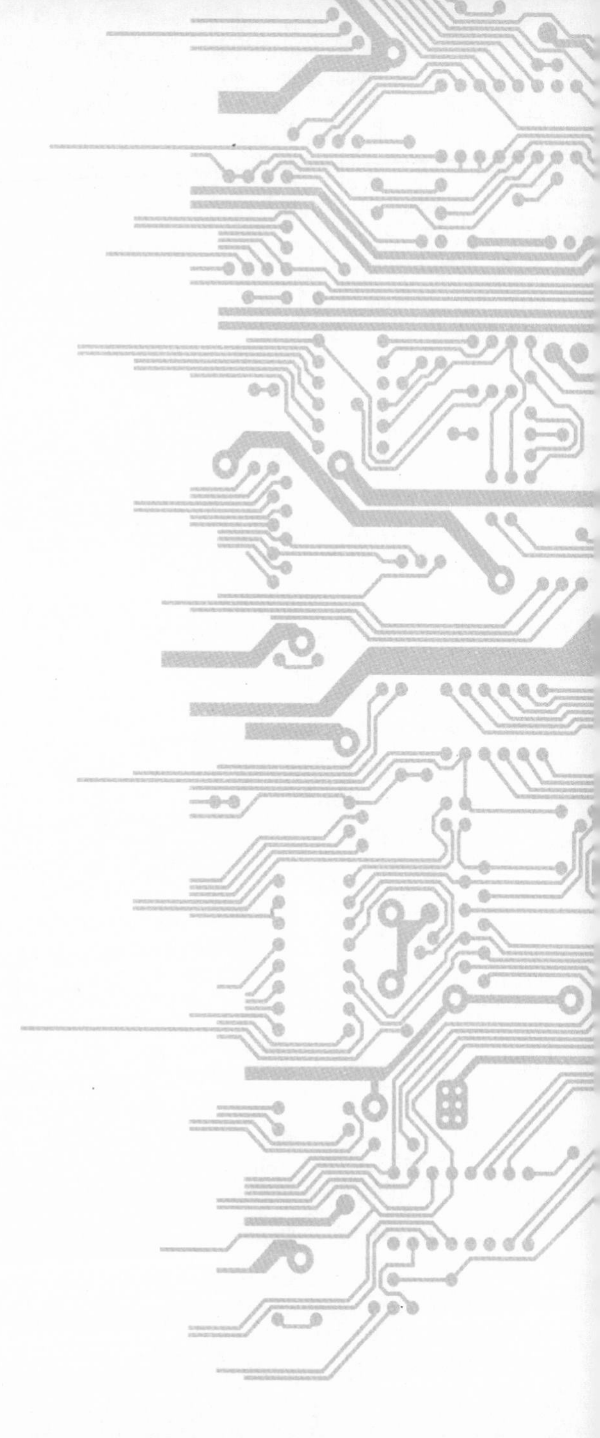

我教你們成爲超人的祕訣：

人要不斷超越自己……人之所以偉大，因爲他是橋梁而不是終點。

——尼采（Friedrich Nietzsche），（1844 - 1900）

《查拉圖斯特拉如是說》（*Also Sprach Zarathustra*）

雪國．斷劍

疾風勁吹，呼呼叫號，猶如兩龍相鬥。遼闊無邊的天幕籠罩著白皚皚的雪地，黯淡的星星布滿夜空，中央部分的光點尤多，隱約連成一條光鍊，欲把夜空劈爲兩半。

雪地上，連綿數里的腳印像太古時代遺留下來的巨大生物，在冰天雪地下匍匐，一直爬到山腰的洞口。

猛烈的大風似乎想撫平腳印。

洞口的光閃爍不停，最後終於穩定下來。因磨擦而成的火焰發出金光，成爲黑暗世界裡最明亮的發光體。在漫天風雪下，一絲火光就是一股生命力，甚至是一股頑強的生命力。

有個人坐在火堆前，忽大忽小的黑影浮在身後的洞壁上，跳躍不已。

他閉上眼睛，一把劍緊緊握在手裡。那本來是一把好劍。劍柄為龍頭，鱗甲一片蓋著一片，非常整齊。龍眼冒出星光，炯炯有神。劍身鑄有直紋，卻只去至劍身的一半就沒有了。

只因那是一把斷劍。只有原來長度一半的斷劍，鋒口不齊，恐怕還會再斷。

斷劍的原因有好幾種。

劍和硬物碰撞，如比劍、劈地，此其一。

其二，有內功的人用氣擊劍身，劍不支而斷，這是蓄意的破壞。

也有劍因積聚在劍的內氣相衝而斷，此為一把劍最光榮的死法，因它犧牲自己而令主公的武功更上一層樓。

斷劍的主公坐在火堆前，兩道濃眉像巨大而沉重的門般深鎖。兩行淚沿著臉滑下，像流星在黑暗的星空閃現。握劍的手微微發抖。

夜未深。長夜漫漫。他等的，是日出。他要藉日光去尋劍，尋回那把斷開的劍身，相信它就躺在斷崖下面。

他慢慢睜開眼睛，遽然在火光裡見到師父的身影。

自懂事起，他就和八個師兄弟一起跟師父習武練劍，學的是「倉頡劍法」。

師父說字是由倉頡創造的，是他把宇宙從無字變到有字。習「倉頡劍法」的人，卻會從有劍的境界去到無劍的境界，也就是不用劍也能使出劍法。

這眞是絕了！

《倉頡劍譜》分上下兩卷，上卷由師父分發給大家，下卷倒是藏好。師父說：「當你們練完上卷最後一式劍法，下卷劍譜就會自動現身。」

這又是另一絕。

劍法共有七式，上卷劍譜包括前六式：「急走不悔」、「汗馬奔馳」、「拉弓有勁」、「巨龍有靈」、「快矢中的」和「鵬飛回首」。第七式收錄在下卷裡。

習劍很累，很辛苦，也很緩慢。單是前五式，他們已練了差不多二十年。沒人知道習劍的目的是什麼。除了他以外，誰都希望休息一下，並寄望師父有「良心發現」的一天，不再迫他們習劍。

以他自己的領悟，劍法是洗滌心靈的不二良方。當他在雪地上舞劍多時，不期然就進入渾然忘我、身劍合一的境界。他忘記身體的存在，忘了自己是誰，以爲已升上蒼穹，和群星共舞。

他沒有和師兄弟分享他的想法，因爲師父灌輸給他們的，是一套完全不同的理念。對師父來說，習劍只是過程，背後有更大的目的。而他卻認爲，習劍本身，就是最大的意義。

師父的身體一向都不好，像是不能適應嚴寒的氣候，然而大家都對他恭恭敬敬，不敢吐半句苦水，不想刺激他，不想拂逆他。不過師父的情況從來沒有好轉，反而愈發孱弱，臨死前幾天還吐了幾次血，大把大把濺在雪地上，紅白分明，像個小池塘似的，好不駭人。

他最後一次看見師父是在神農大山的洞裡。洞外風雪正盛，大雪紛飛，狂風經過洞口時颯颯作響。

師徒們共十人圍著火堆坐。九個弟子面面相覷，火光照往眾人身上時竟有點悽愴的氣氛，沒有一個弟子作聲，似乎大家都隱隱感到這是和師父的最後一次聚首。

師父眼神迷茫，臉無血色，大概早幾天吐血時吐光了。

「我要走了，誰也不必難過，要走的還是要走，而我要做的事也做完了。

「『倉頡劍法』你們已經練到第五式。以後的路要你們自己摸索下去，持之以恆，剩下的劍法師父教不到了。

「『倉頡劍法』的最高境界就是不用劍也能使出劍法，這是一個何等高超的境界，也是我對你們的期望。

「我的師父教我，一個劍士的靈魂就在劍上。就算不必用劍，但他必須有劍，劍是我們身體的一部分，不可分割。

「如果你們意外掉了劍，一定要把它找回來。它是你們的生命。即使斷了，也要求屍首齊全。無論去到天涯海角，也要把劍找回來。

「我們十個人都是從遙遠的地球來，那是我們的故鄉。你們學劍，就是爲了要回去。只要苦習劍法，你們當中劍法最好的那個，就可以回到地球。

「我，回不去了，也要離開你們了。你們不必送行，也不必悲傷。只管好好練劍，回到地球，我就瞑目。」

師父的話震撼大家。有人發問，但師父沒答，只是吃力地站起來，把劍從腰處拔出，往大家頭上輕輕一點當作最後的祝福。他和大家最後一次交換眼神後就轉身離去。孱弱的身體向洞口走去，巨大的身影變得愈來愈小，最後完全被黑暗吞噬。

「師父！」

他看著自火光裡透出的師父身影，不自覺地叫了一聲，然而那微弱的身影最終被烈焰覆蓋，令他從回憶中驚醒。

他要找回斷劍。

昨天他在斷崖上練習「倉頡劍法」第六式時，突如其來的清脆一聲後，劍身斷開一半，掉到斷崖下方的深處。他目睹劍身快速地往下跌，恍如他生命一部分的劍斷了、掉了。他像失去一臂，甚至失去了自己。他已無法回去和群星共舞的超然境界。

故鄉．污氣

幾十年前，它是銀河系裡眾多美麗的星球之一，在太空中是顆耀眼的金剛鑽，曾經孕育過輝煌的文明，發展出足以睥睨宇宙的科學技術和文化藝術。

現在，從太空看去，它像個半透明的水晶球，裡面充滿黑色的氣體，是污氣。這些污氣幾十年後、幾百年後，甚至幾千年後都不會散去。

文明已經成爲過去，而且一去不返。浩瀚的塵土掩蓋了一切。

戰爭，一場毀滅的戰爭，掀起黑夜的序幕。

雪國．尋劍

在遙遠的北方，群山被黑霧重重深鎖。幾絲微弱的日光突破防線，在漆黑中打開一道缺口。天幕變成黑白兩色爭奪的戰場，星星也躲到背景去了，最後，白色的光球冉冉升起，驅走了黑夜，宣布新一天的來臨。

第一道白光射到洞裡時，火焰也燒盡化灰。斷劍的主公霍地站起，深深吸一口氣。漫漫長夜，終於過去。

他把斷劍藏到懷裡，奔出洞外，轉眼間已到斷崖下面。凌厲的冷鋒向他迎面襲來，像刀片般劃過面孔。一股白光自不遠處的雪地射出，他定睛一看，不難發現斷開的劍身半插在雪裡。他縱身一跳，彈指間已站在劍身旁邊。

他尋思道：劍不錯找到了，然而怎樣才能使劍柄和劍身接上呢？用這半把斷劍又如何練劍呢？

冷不防懷裡的另一半斷劍突然躍出。他駭然向後一退。他身上的半把斷劍在半空中劃出一道弧線後才掉下來，落點就在那劍身的鋒口上，兩個接口自動黏合，還原爲一把完整無缺的劍，像從來沒有斷開般。

他一怔，像是不能相信自己的眼睛，正想伸出去抓劍柄的手又縮回來。劍不錯是找回來了，經過卻是詭異之極。抓？還是不抓？

就在他猶豫不決時，那半插在雪裡的劍竟開始震動，然後兀自移動，慢慢離他而去。他看得出神，嘴巴怎也合不上，一句話閃電似地打進他的思路：它就是你們的生命……無論去到天涯海角，也要把劍找回來。

師父的遺言敲醒他的頭腦，不論怎樣，把劍拿回來再說。他追上去，伸手要把在雪上遊走的劍柄擒到手，不料遊劍就在他快要觸及時加速滑行，使他撲了個空，半個人栽在雪裡。

他爬起來，再追，重施故技，遊劍又在快到手時加速。這次他即使已有準備，半條手臂仍然栽在雪裡。

他拔出手來，拔足狂奔去追那把離他遠去的遊劍。就在劍近在咫尺時，他快步跳到遊劍前面，回過頭時，劍正以高速向自己衝來。他紮穩腳步，兩手在身前擺出抓劍之勢，瞄準劍柄一抓，失去的劍終於回到手上。

然而，劍並沒有停下來，反而一直向前衝，迫得他不斷向後退。他側身一讓，讓劍繼續向前滑，最後變成劍在前，人在後被拖行。劍的走勢不但絲毫沒有減弱，反而不斷加快，向著盤古山谷進發。雪地上留下劍和他腳跟的痕跡。

故鄉·戰爭

那場毀滅的戰爭在人類文明崩潰前最後一年的最後一晚爆發，全世界的人都準備慶祝新年。冷戰已停了數十年。即使地域戰爭從來沒有停止過，但世界大戰遠超過人類想像。沒有人注意到潛伏的危機其實一直沒有解除。住在大城市的人都被生活的重擔壓得透不過氣來，根本沒有餘力去理會其他事情。

在毫無先兆下，像魔鬼撒旦頭上尖角的核彈紛紛從天降下，在熊熊火光中爆出蕈狀雲。沒有人知道是誰發動戰爭，沒有地方可以倖免，也沒有勝利者。

很多城市不是被徹底摧毀，就是沐浴在一片火海之中。在苟存的城市裡，一直以來穩固無比的大廈都倒下，街道變得血肉模糊。汽車連環相撞。一切通訊方法均告癱瘓。很多人披著火衣，失心瘋地或掙扎或奔跑，但最後都倒地不起。只一晚時間就把人類幾千年文明徹底毀滅。世界回到遠古太初一片混沌的時代。

在地底深處、由高科技和防核牆護衛的城市裡，碩果僅存的幾個國家的政府官員以電腦網絡黯然互通訊息，無望地反覆收看人造衛星傳來的毀滅過程，是訊息中斷前最後的影像。無聲的畫面更能打擊惶恐不安的心靈。大爆炸後，雖然衛星已無法再攝錄地面的情況，但根據電腦模擬的結果，地上的城市都已變成廢墟，來不及逃難的人類應已無、一、生、還。

根據食物的儲存量作最樂觀的計算，他們最多可以維持五年的地下生活，幸好科學家早就開發出在地底種植的技術。種籽已經準備妥當，地下水也不受污染，可讓人類再活上好幾十年。地面上至少要幾百年才適合人類生存，否則，即使穿上最厚的防輻射衣上去，人類極其量只可以生存半小時。

在地底世界，人類數目銳減，總和只剩下數萬，都是菁英。任何自相殘殺或暴亂只會加速人類的滅亡。末世的人無法再以一己利益爲先，他們不得不眞正客觀地思考拯救人類的策略。人類最後的命運，就完全控制在他們手裡。

雪國．盤古山谷

他兩手緊緊握著劍柄才使自己不至被強勁的力度甩開。他不明白那把劍怎會自己向著盤古山谷的方面滑去。冷鋒沁過他的頭髮，手指間滲出鮮紅的血流，腥風血雨衝著他而來。

他很痛苦。他感到自己已到了筋疲力盡的地步。只要鬆手，就能自困苦中解脫，手可以鬆下來，血可以止下來。

可是，只要鬆手，劍就會離他而去，去到他追不到的地方，再也找不到。

驀地裡他看到師父，看見他教授劍法，看見他吐血，看見他說遺言，看見他離別。

「師父。」

自師父死後，一夥師兄弟間，只有他這個忠心弟子仍然努力不懈苦練劍法。他不怕辛苦，每天上斷崖修練，不但可以重溫渾然忘我、身劍合一的境界，也希望能夠學到「倉頡劍法」的精髓——不用劍而使出最好的劍法。

有幾次，他留意到師兄弟們在遠處偷看他，他想告訴他們：習劍本身其實就很快樂。

然而，他從來也沒有這機會。他們之間沒有聯繫。就算他們聽到他的忠告，也只會一笑置之。他們從不希望爭取什麼，或者改變，他們只求一切不變，保存現有的秩序或類似的生活方式。師父死後，他們荒廢練習久矣，劍法只停留在第五式的地步，而他早已超越了他們，他們眼紅他的成功。師父說，只有劍法最好的人才能回到地球去。那回不到地球的又怎樣？如果沒有人回去，地球又會怎樣？

他一直勤於練劍，因此早已不容於師兄弟間，只好離開眾人住的洞穴，在神農大山背後的小洞另起爐灶。

可是，他們並不甘心，每天派人輪流監視他。他們留著他，希望他能練成第六式，等到《倉頡劍譜》下卷現身後再下手也不遲。他們相信：八個第五式的人沒理由打不倒一個第六式的人。

「這叛徒的水準已大有進步了。」

在他身後不遠，有個師弟從後追趕，偷看到他今天的經歷後，從懷裡掏出號角，探到嘴邊，吹出教人不安的音響。

在神農大山的人，紛紛執起兵刃，認定確切的位置後出發。爲了所有人的福祉，銳意破壞秩序的叛徒，一定要解決掉。

故鄉．對策

由於輻射塵瀰漫，無論在地面或地底，黑夜和白晝早已分不開。大部分上一代動物都死光，新生物很快出現，都是過去一代動物的變態異化後裔。

不能飛的新生物屬哺乳類，身上無毛、皮膚粗糙、牙齒銳利，大部分有三或五足。會飛的新生物是昆蟲，體型較小，但種類較多，數目也異常龐大，集體飛行時足以遮蓋半個黑沉的天空。牠們的主要食物都是上一代動物堆積如山的屍體或殘肢（特別是數量多達七十多億的人類屍體），有時會吃一種戰後衍生出來的新植物。這種植物無葉莖肥，根深而粗，深深埋在地底，以汲取沒受污染的地下水維生。

地底下的政治家和科學家，日以繼夜尋找延續人類文明的辦法。他們展開一輪輪會議。由於與會者心情煩亂、悲痛和沉鬱，大部分會議都顯得冗長，毫無意義。幾場重要會議下來，綜合的結果是——

生化學家認為，既然可以在地下種植食物，就不要再考慮回到地面，人類文明從此在地底發展好了。他們會繼續鑽研新的食物製造技術，像蟑螂就能提供不錯的蛋白質營養。

心理學家和社會學家大力反對這個方案，在地底如此狹窄的空間生活，難保不會影響群眾的心理發展。不少先例皆證明，在類似的情況下，人們有強烈的排他傾向，容易演變成騷亂、打鬥，甚至集體精神病。

會議室內鴉雀無聲。

醫學專家打破死寂，表示冷藏技術已經成熟，可以利用現存的冷藏庫冷藏人類，等到幾十年後才解凍，睡醒時就到達新世界，大大解決了面前所有問題。

老謀深算的政治家站起來。冷藏的方法就算行得通，但敵國萬一來襲，找到這個只有冷藏人的地下城，不費吹灰之力就可以攻下。

物理學家以婉轉的方式說明，這個憂慮是多餘的，輻射塵已擾亂了地球磁場，沒有雷達能準確探測地底城的位置。情報專家指敵國之前可能已掌握相關情報，但物理學家再三解釋，電腦控制的戰機已無法啓航，地對地飛彈也無法瞄準目標，即使想用戰車運送核彈頭到地底城上面意圖摧毀，但現在根本沒有路讓戰車行駛。

每個範疇的專家都提出自己的看法，增加自己的分量，避免在這個資源稀少的社會裡失去存在價值。

討論期間，有個天文學家根據研究，指出某個小行星有大氣層，環境與地球類似。他大膽提出一個天馬行空的方案：政府早已祕密儲存了大量優秀人類的胚胎，他建議進行基因改造，製出特殊的「種籽」，送上該小行星，在遙遠的星球延續人類的文明。畢竟這種遠距離星際航行的技術早已存在。

會議上各人譁然，沒有其他建議比這更驚人。然而人類的命運已到了窮途末路。

會議又一次陷入沉默。

雪國．聖山

遊劍帶他進入盤古山谷，仍沒有停下來。鮮紅的血像蛇般捲上他的衣袖，冷鋒穿透他的身軀。他渾身發熱，像被地獄煉火焚燒。

他緊握劍柄，沒有鬆手，他已決意支撐下去，直到永永遠遠。

遊劍帶他登上從未去過的聖山。這裡是附近一帶最高的山峰，可以一覽群山積雪的情景。聖山是神聖的地域，師父一直叫他們不要私自過來。

如今來到這高度，他心頭湧起無以名狀的澎湃激動。

白光耀眼的巨大星球凌駕在群山之上，懸浮在半空中。

在他前面是個巨大的山洞，像夜之惡魔張開巨口，他還來不及思索什麼時，已被吞噬下去。

洞很長，漸下漸低，光線也愈來愈暗，最後變成漆黑一片。他想起師父，也想到死亡。他不知會被拉扯到什麼地方去。不過，只要有劍，他覺得自己仍然安全。

又不知過了多久，前方出現微弱的光點，光點愈來愈大：是出口。遊劍帶他來到新世界。原來洞的盡頭開了天窗，光從上射下。

劍突然高速煞停，他沒料到有此一著，兩眉分到最開，瞳孔放到最大，腦裡的思緒很混亂，他又看見師父、師兄弟、劍法、劍譜、斷劍、遊劍、自己……最後他身子向前仆去，摔到幾丈開外的地上，激起地上的雪花。期間不自覺兩手一鬆，劍去向不明。

他身受重創，全身肌肉作痛。他的頭好昏。如果可以長眠不醒的話，他希望就此作罷。是什麼巨大的魔力驅使他支持那麼久？完全是師父遺下的一句話：「無論去到天涯海角，都要把你們的劍找回來。」他眼睛搜索了一會才發現劍的所在。他咬緊牙關，用盡最後一分氣力，支撐起沉重的身子，一步步爬向幾丈外的倒劍。手上的血，一滴滴流下。身上的傷口，一把把地抽搐。

他只想著一樁事情：把劍從地上拔出來、把劍從地上拔出來……

故鄉．病毒

在地底下苟延殘喘的人類沒想到更壞的情況在等待他們。

一種前所未見的新型病毒開始出現，來源不明，很快就感染了九成半人口。雖然不會馬上致命，但被感染的人雙眼通紅，全身發熱，徹夜難眠，需要飲用大量食水消暑，否則可能脫水而死。

病理學家發現，唯一解決這病毒的辦法，就是寒冷的天氣。可是地底空間和能源都有限，無法調校溫度。未受感染的人無法被隔離太久，受感染只是早晚問題。那些儲存成「種籽」的胚胎若在地底孕育成人，必然無可避免被感染。

危機迫在眉睫，按兵不動不再是一個可行的對策。爲延續人類文明，地底人類不得不兵行險著，最後終於決定同時進行「冷藏」和「種籽」兩項計畫。前者是把地底下的人冷藏一百年，希望到時地面上的輻射塵散去；後者是挑出二百個最優秀的種籽，由甄選出來的五男五女帶上太空，送去外星成長。火箭從地底以高速射出，讓太空人和種籽被輻射影響的時間控制在可接受範圍內。

這五男五女裡，其中一對是人人稱羨的情侶。他們在核爆前的政府任研究工作時邂逅。他們的感情生活平淡而溫馨，原本訂於五年後結婚，在全世界最大的教堂行禮，然後生下兩、三個孩子，好好地教養他們，盡情享受家庭生活。他們不追求奢華，只希望安享晚年。

可是，突如其來的惡夢使一切幻滅。

不過，他們並不就此放棄，他們堅信人類不會輕易滅亡。這種不知道是堅持、信念，還是執著，讓他們獲委以重任。僅存的人爲他們舉行盡可能盛大而隆重的婚禮，所有人都恭賀他們，和他們握手，親吻他們，祝福他們。

新婚之夜，他們已身心俱疲。沒有人知道，也沒有人會相信，這夜是他們在床上第一次欣賞和試探對方成熟的身體（不知道也是最後一次）。這一夜，他們過得很長，很長。

他們不會有自己的孩子，只會負責帶大由種籽長成的嬰兒，教育他們，希望他們可以回到地球，重建人類文明。所有人類的智慧財產都濃縮在他們帶去的電腦教材裡。

「種籽」和「冷藏」兩項計畫如期進行。那些將要給冷藏的人，含淚躺進冷藏器裡，希望一百年後，那些孩子的後裔會從遠方回來。沒有人知道，這一覺睡了，到底會不會醒來？

人類的太空船竄上陰霾的天空，踏上征途時，沒有多少人向他們揮手道別。

地面上最後一代動物，也逐一死於黑暗中。

雪國．圍剿

他的身子很弱，幾乎花了半輩子的時間才慢慢爬到倒劍前面。

劍柄的龍頭朝著他，一雙眼像師父般瞪著他，像等候多時。

他把手按在龍頭上，突然一股熱力透過劍身傳到手上，他的身體逐漸回暖，傷口不再痛，血不再流出，全身的肌肉像注入雄厚的力量，補充了先前消耗掉的大量體力。他一個反手，把劍從地上抽出來。劍身鑄有直紋，射出刺目的白光，他的眼一時也睜不開。

一陣地動山移，地面裂開，一塊巨型怪石從他背後不遠的地底緩緩升起。

他給嚇傻了。他從來沒有見過這麼奇怪的巨石，朝不同方向伸出好幾根石柱，有的粗大，有的扁平。質地是他從來沒見過的。

他不曉得這是什麼一回事。他在這一天遇著的怪事可真不少，這一次，他反而覺得所有怪事都有關聯。

「叛徒，我們要殺掉你！」

他轉身，赫然發現他八個師兄弟，各執一劍，面露殺機，一場惡戰已不能避免。

自小以來，他知道自己和八個師兄弟有些想法很不一樣。他喜歡練劍，他們不喜歡。他尊敬師父，他們只是敷衍。他認爲人生要有目標去追尋，他們只想混日子……

不管怎樣，他從沒想過要和他們兵刃相見，不禁激動地說：「爲什麼大家不可以和和平平地好好相處下去？爲什麼一定要打一場？」已經有很久很久，他沒有和他們說話了，偏偏他們就是他唯一可以傾談的對象。

沒人答他，一如他們最近的溝通方式。他們看到那塊怪石時，都不禁心慌，面面相覷，不知接下來會冒出什麼來，但他們都有共識：他只有獨自一人，不拿下他，後患無窮。沒有人打算退縮示弱。誰有與眾不同的想法，就會變成另一個他——下一個被排斥的對象。

八個人把他圍在正中，分別守著他的八個方位。八把劍冒出熱騰騰的殺氣，殺氣又席捲成一股逼人的旋風，向他襲來。

八個人同時掠起，八把劍一起刺向中心，要把他封死。萬萬想不到他的功夫已在眾人之上，他兩腳一彈，縱上半空，落下時正好踏在劍陣上。

八把劍頓時抽回，他又一個翻騰，飛出圓圈外。

他從來沒有面對過這麼多敵手，不過他很快明白，以一敵八難過一對一的決鬥練習很多。

可是在這個狹窄的空間裡，他根本沒有選擇的餘地。他的腳尖剛落地，一把快劍使第一式「急走不悔」，奪命似地封他後路。他急使第二式「汗馬奔馳」護後，把快劍打出幾丈開外。不料另一人使第三式「拉弓有勁」朝他胸口劈來，他連忙來個第四式「巨龍有靈」擋住。再有人使第五式「快矢中的」狠狠取他頭腦，他急變第六式「鵰飛回首」拆招。

然而顧前難保後，顧後難保前，他應得前面的來劍又防不了後面的追擊，五把劍同使「快矢中的」刺背，他速使「鵰飛回首」化險爲夷。冷不防三下來勢奇勁的「快矢中的」刺他，在毫無防備之下，三道血紅的劍痕劃在他的左臂上。

他向後一跳，反身站在怪石上，兩手緊握劍柄，把全身的內氣運上劍尖，準備以一敵八。八把劍形成一抹陰邪的殺氣，八個嘴角露出猙獰的笑容，八對眼角閃現惡毒的眼神。他們要把他殺死，斬成八塊，丟在神農大山不同的地方。他們深信這一仗必勝無疑：八個第五式的人沒理由打不倒一個第六式的人。

他沒有取勝的信心，只希望一切可以停下來，和平解決所有誤解。他曾經一度天眞地以爲，只要他逃避，他們會就此罷休；但眼前的事實是，他們，和他，雙方只有一方能活下去。這是個人和集體的衝突。他們不能容納他，他也不能容忍他們不容納他。

在毫無先兆之下，他那把盛滿內氣之劍又遽然斷了開來，劍身掉在怪石上，發出鏗鏘的聲音。

這一聲像刺針般直刺他心弦，他不能相信他的眼睛。這劍又斷了，他什麼劍式也使不出來。

這個突變教八人既驚又喜，萬萬想不到上天會這樣厚待他們。他們也認爲，沒有了劍，他的劍法再厲害也是徒然。

他們緊握劍柄，同時躍起，八道鋭利的劍鋒一起向他刺去。

他什麼也想不出來，怔怔地看著來劍，自己根本沒有反擊之力。

一瞬間，他站著的位置開了個洞，讓他整個人掉下去後，又很快關上。人像平空不見了。八個人同時收劍，受驚的瞳孔擴張到最大，幾乎大到連眼珠也撐不下。他們從沒見過如此詭異的狀況。

他到了一個奇怪的小世界，這裡很窄，很暗。他不敢動彈。一些鐵枝在他身上來回移動，在不同部位的傷口注射一些暖流。他的手足被加上一些冰冷的東西後，一層層鐵片緊緊地罩在身上，發出噹噹的敲擊聲。

他以爲自己死了，這一天發生的事一件件有條不紊地重現在他眼前。

他重新評估劍法的價值時，師父的遺言又在他耳邊斷斷續續響起。

「『倉頡劍法』的最高境界就是不用劍也能使出劍法。」

「一個劍士的靈魂就在劍上，就算不必用劍，但他必須要有劍。」

「劍是我們身體的一部分，不可分割。」

「無論去到天涯海角，也要把劍找回來。」

「我們十個人都是從遙遠的地球來，那是我們的故鄉。」
「你們學劍，就是爲了要回去。」
「只要苦習劍法，就可以回到地球。」
「只管好好練劍，回到地球。」
地球!?
他感到兩條冷凍的長管接到頭上，一些外來的片段幻影似地走過眼前，向他展現一個全然不同的陌生世界。

故鄉．新世界

太空船抵達目的地，可是沒有人爲他們祝賀。這次旅程其實並不成功。太空船在飛行期間出現諸多問題，最後著陸時幾乎是狠狠摔到地上。最後五男五女的旅客只有那對新婚夫婦中的男人活下來。從地球帶來的種籽也只有少數沒有遭受損害。

新世界的環境比地球差許多。這裡天氣嚴寒，長期下雪，是能消滅那種新病毒的天氣。可是地球的科學家錯估了很重要的一點，這裡沒有動物，換句話說，無法狩獵。幸好隨處可見的植物能果腹。

男旅客含淚把他的伙伴一個個從船艙抱出來埋葬，在面對他的伴侶時尤其傷心和激動。他特別在高山上找了個地方埋葬她，在她墓地旁挖了一個空穴留給自己。

剩下來能夠培植的種籽是九男五女，結果很不理想。單憑這十四人，根本無法在這個星球上延續人類文明。如實告訴他們地球狀況的話，他們可能一蹶不振，只打算在這個星球苟且偷生。不，這事早晚要告訴他們，但要等他們成年後。

要是這星球上有動物，還可以透過狩獵培養他們的鬥心、團隊精神和競爭力。可是，當人類是唯一動物，他們只能彼此互相較勁。

在他維修太空船、發現居然有能力可以運送兩個乘客回去地球後，這個較勁的想法愈來愈強烈。

在這星球只有死路一條，他們一定要回去地球，用沒有被感染的體質去拯救地底人類。至於怎樣拯救，是地球那邊的人要去煩惱的事。他要做的，他能做的，就是找出唯二的人選。

他要挑出一男一女回到地球，重振人類文明。這兩人要有人類的美德，要有創造力，不畏艱辛。

他們要接受時間的磨練，不過，他大可放心，這裡有的是時間，而且越久越好，地球的輻射塵總有一天會散去。

他煞費思量，終於想了一個長達三十年的計畫——劍法。

他自幼隨父親習劍，雖然只是出於強身健體，但很清楚一個人從劍法的修練中最能夠逼出內心的潛能。透過不斷地修練，可以養成獨立思考的能力，能分辨善惡，最後就符合返回地球的人選要求。

他利用太空船內的打印機鑄出十四把劍，分給孩子，並在劍內動了手腳。

他把男孩和女孩分開在兩地撫養，各有各的根據地，大家都不知對方的存在，以免成長時被干擾。

二十年的時間，使兒童變成青年，使青年變成中年。心靈的創傷加速他的衰老。他的眼不再亮，耳不再靈，腳不再穩。他明白自己離大去之期不遠。

他把劍法的第六式定位爲「樽頸」。只要有人練畢第六式，他的劍就會自然斷開，到劍柄和劍身接合後，劍會被帶到目的地，送他進太空船裡。這人要有不屈不撓的決心。

下卷的劍法不是由劍使出來，而是留到那孩子回到地球時萬一要和敵人作戰時用的。那一式要配合現代武器才能運用。

身爲社會心理學家，他很清楚這兩堆人裡各自鶴立雞群的少數人會被其他人排斥，他賜那兩人無敵的武器。

物競天擇，適者生存。

只有那兩個人才有生存下去的價值，其他人可有可無。

他們回到太空船時，這一切前因後果都會如實相告。他們要回到地球去。地球的命運，全繫於他們之手。

他祈禱有這兩人出現。

在他生命的最後一年，他終於知道有人可以完成他的遺願。男的是亞當。

直到最後半年，亞當仍然是努力練劍的一人。而那五個女子都互相敵視，互相較勁，不知誰最後能活下來成爲夏娃。沒想到女人的鬥心比男人更厲害。

他在生前仍然煽動亞當和其他人的衝突，目的就是要讓這傢伙受到更大的挑戰，從中得到最大的磨練。

他離開眾人的山洞後，默默走向自己山上的墓地，一如當年所料。他經歷了人類史上最大的災劫，在異鄉的土地上終老，最後躺在伴侶旁時，仍然心繫母星地球。

他閉上眼睛，想像亞當和夏娃回到地球，叫醒在地下的人類，不管是自己人或者敵人，一起同心協力重建地球。他更想像在來世和心愛的人，還有他們的孩子，在回復昔日美好時光的地球上，幸福地生活。他會在後園種花，好讓花香吸引蝴蝶和蜜蜂在夏天飛來。他會教導孩子欣賞蝴蝶繽紛的圖案和蜜蜂的舞蹈，但是，絕不會讓孩子捕捉蝴蝶。不能隨意傷害其他生物。不可破壞大自然。不能毀滅地球。

對，不能毀滅地球。

可是，它已經被毀了。

亞當和夏娃，地球的未來就看你們了！

雪國．重生

他實在不能相信自己的所見所聞。他像作了一場過長的夢，有太多太多東西遠遠超出他所能理解的範圍。

白光灑在他臉上。洞口又打開了，他跳出去，手上沒有劍。

八個圍著怪石的人馬上分開，準備再下一城，把他殺掉。

然而，他們定睛一看，實在不能相信自己的眼睛，他換上前所未見的服飾，不只包裹他的頭腦，連手指和手掌也被覆蓋，看來比他們穿的衣物要厚實和沉重得多，但他的速度不單沒有減慢，反而更加快。

有人跳起用「快矢中的」刺他，他用手一擋，那人馬上給繳了械。

眾人萬萬想不到，這就是「倉頡劍法」的最後一式——不必用劍也能使出來的第七式。

他們互換眼色。八人的身影在他身邊晃動，令他眼花繚亂。這其實是他們演練多時的陣式，不知不覺就布成，把他困在中心。最後他們同時用「快矢中的」刺他，勢要教他死在群劍下。

他來不及跳起，八把劍狠狠地刺在他身上。

八個人笑了，詭異地笑了，他們成功了，終於成功了。這一招殺著，他必死無疑。

彈指間，他們收起笑容，因爲他的身子不但遲遲沒有血流出來，他臉上一點痛苦也沒有，眼前的他已不是過往那小子可比，他已被重新塑造過。

他們要把劍從他身上拔出來，可是失敗了。劍不是插得很深，卻被他的衣物吸得好緊好緊。

他一個轉身，八個人馬上閃開。他大喝一聲，八把劍從他身上彈出，掉到地上。

其中一人拾起劍，使出「快矢中的」向他刺去。他只空手招架，用兩隻手指箝著劍身，用力一扳，劍應聲而斷。

其他七人顧不了那麼多，自地上拾起劍，同時使「快矢中的」刺他。他兩腳一蹬，縱上幾丈高的半空，向地面施掌。地上旋即爆出火光，八個師兄弟當場被炸死，殘肢散滿地上，連個完整點的屍身也沒有。

沒有單對單的決鬥，沒有近距離的交鋒。一切都發生在電光火石間。所有紛爭都圓滿地徹底解決，不拖泥帶水。

他得勝後，憂鬱地降落在那架叫作太空船的怪石上，把劍插在另一個機關裡。他進入機艙，牆上的畫面閃爍著燈光，畫了些他不明白的圖案和斑紋——他並不知道那些橫寫的也是文字。據說這個叫電腦的東西能記載人類所有知識，那到底是什麼智慧？

船艙裡有一個他從沒見過的陌生人，躺在床上，雙目緊閉。她早他一步解決了她的師姊師妹，來到這裡，正一邊從電腦汲取地球人類的智慧，一邊等待他打敗其他人。他們兩人將要回到地球。

他抓回劍，離開太空船，在散滿殘肢的地上踱步尋思。剛才的打鬥場面，和他過去二十年的記憶，已深深烙進他腦裡並揮之不去。他原不是要到什麼地球去，他只是一個凡人，是個劍士，可是他師父——不——那個地球人，告訴他：他不是他，他不是屬於這裡的，他屬於遙遠的地方。幾千人在等他，嗯，他們在等他去拯救……他奉爲生命的劍法，原來只是個甄別人選的測驗。這個玩笑開得太大，也太殘酷了。

他只一心要學好劍法，追求渾然忘我、身劍合一的境界。他只想和群星共舞，僅此而已。

他不管什麼理由，也不再理什麼人。他要做回自己，他不是傀儡。

他最後一眼回望那些陪了他二十年的師兄弟的碎片，是什麼使他們變成現在這個模樣的？絕對不是他自己，而是，那個……來自地球的卑鄙者。他是騙子……無恥！那傢伙要自己和眾人決裂，令自己揹上莫大的沉重負擔。他是自由的人，生下來就不是爲了別人的什麼使命。地球人只是他的造物者，他被創造後，絕對有自由的意志決定一生的路該怎麼走。

他聽到那個女人眼皮張開的微音。她似乎正鬆動手指，準備甦醒過來，展開生命的新一章。他知道自己該怎麼做，他很清楚下一步該怎麼走。

他隔空掌擊過去，太空船迅速著火，黑煙衝出天窗，金黃不定的火光把他的臉照成通紅。

他從容不迫坐在堅硬不平的地上，看著熊熊烈火燃燒。那女人倒在熾熱的火堆中，甚至來不及發出呼叫，她生存了二十多年也沒眞正活過，只是按照地球人的指令行事。她算是什麼，一個傀儡而已，沒有思想，一生爲他人主宰。他和她不一樣。他要創出自己的命運。他不理會地球。他知道他下半生都會在這星球度過，這裡才是他的故鄉。

他想通這一切後，大力一揮，把辛苦尋回的劍擲向烈火裡，任由熊熊的烈火燃燒。他永遠也不會離開這個星球。

故鄉

在遙遠的太空，月球冷冷地凝視被死氣圍困的星球。陽光早已無法穿透大氣層到達地面。死星的地面已無生物，有的是一片片連廢墟也不如的瓦礫，文明的痕跡被風沙磨蝕，整個星球一片死寂。至於地底下的睡者，不幸得很，冷藏計畫徹底失敗，他們永遠不會醒來，而他們苦苦等待的救世主則在遠方飄泊，永不降臨。

〈斷章〉完

騙案

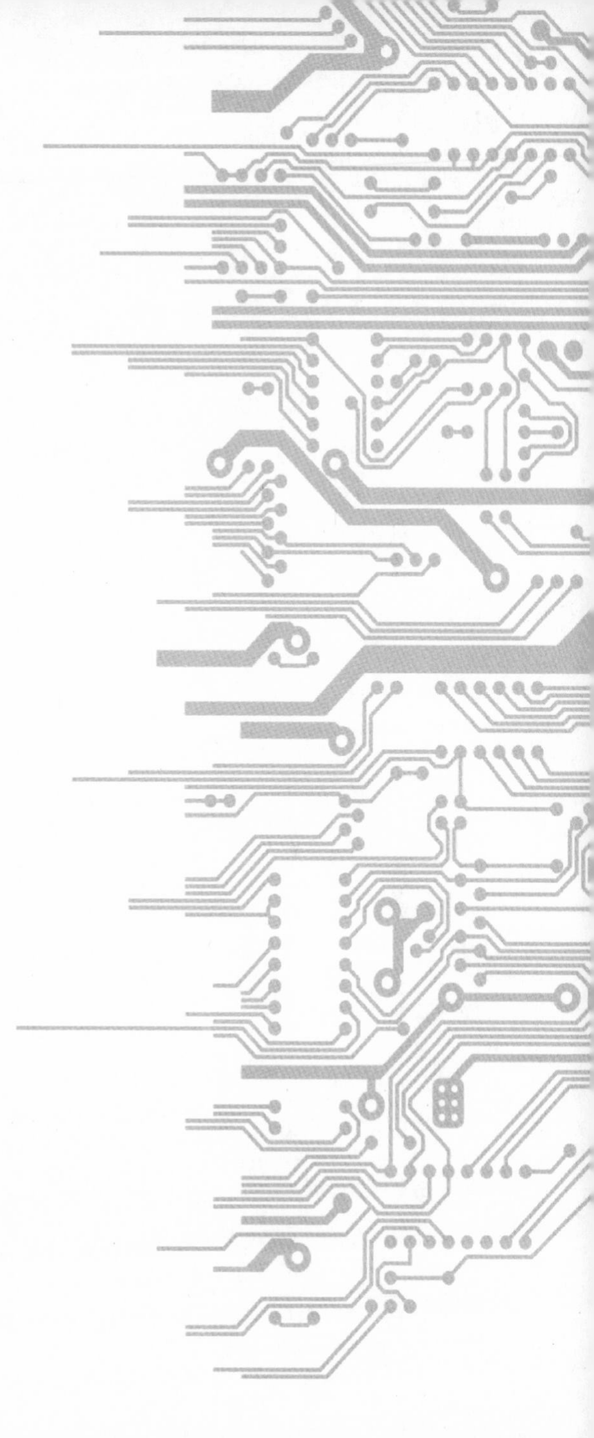

I

「妳可以救救我嗎？」

她在上課時接到這個奇怪的WeChat短訊，從名字判斷，發信的應該是男人。

她這帳號是新開的，很乾淨，和過去的她一刀兩斷。

班上的同學都認眞聽課，就像她看來也是個認眞的夜校生。

「你要我幫你買點數卡嗎？」她問對方。

「我不需要妳的錢。」

她明白是什麼花樣了，「你想付錢給我嗎？」

「可以嗎？」

男人會在WeChat上以漁翁撒網的方式投石問路，反正不怕被認出來，沒收到回覆就算了。如果眞的找到，就像中六合彩安慰獎。

她對安慰獎沒有興趣，只希望自己能中頭獎。年輕人在香港生活實在艱難，用正行方法根本存不了錢。有人說香港今日充滿發展機遇。醒下啦仆街！唔只公立醫院唔夠床位，就算香咗都要兩個人逼埋一齊[1]！爲了賺錢，她可以去到好盡[2]……她曾自以爲，實在太天眞了。

她開這新的WeChat 帳號，就是希望變換身分過新生活，又或者，回到原本的普通人生活？不過，曾經滄海難爲水。她其實仍不確定未來的路要怎樣走，只能見步行步。

「把你的照片傳過來，樣貌要清楚，不要戴帽子。」

不到一分鐘，照片就傳過來。他不年輕了，但穿上西裝後看來一表人才，是玩Tinder[3]時會向右滑的類型。單憑照片不準，對方可能是斯文敗類。她只想把事情盡快辦好。

「你不會偷拍的吧？」

「當然不會，我怎會給自己找麻煩？」

II

「她在網上說自己未夠十八歲，可是你看她，起碼二十五歲，是中女[4]。」在屏風後作供的中年男人壓抑忿怒的情緒。

站在被告席的女人嘴角上揚，很滿意這答案。

辯護律師維持專業的態度和語氣，以不急不緩的語氣追問：「可是你在當晚十一點半見了她後，仍然決定繼續和她去時鐘酒店。你們在凌晨十二點零五分登記過夜，在第二天八點半才離開。即使我的當事人說不能偷拍，但你仍然用手機把整個過程鉅細無遺拍下來。爲什麼？」

「她收好貴，以她這年紀來說，這價錢要連同拍片才合理。」旁聽席一陣譁然。「反正我只是自己回味，不會公開。」

辯護律師終於點頭，表示盤問完證人，轉而面向陪審團，鄭重地道：「證人是資深的援交玩家，他的行爲或許有道德爭議，但當天他和我的當事人去酒店這件事卻是證據確鑿。本案並不是要做道德判斷，而是要從客觀事實還原案件的眞相。」

不同於檢控官盤問其他證人時一直說「殘暴而有預謀的凶殺案」，辯護律師只是用平淡的語氣說「案件」。

「雖然當時酒店附近和公園內並無保全系統，但證人手機裡的偷拍片段確實存在。所以，我們有人證物證證明我的當事人在上述時間內一直留在酒店內，不可能離開現場。」

之前對被告不利的全部證供都有可能被推翻，陪審團被新出現的證供弄得暈頭轉向。

---

1 醒下啦仆街！唔只公立醫院唔夠床位，就算香咗都要兩個人逼埋一齊：醒醒吧混蛋！不只公立醫院不夠床位，就算人死了，也要兩個屍體擠在停屍間同一個理應放置一個屍體的間隔裡。

2 去到好盡：粵語中指「走極端」之意。

3 Tinder：一款手機社交應用程式，後常被用於交友、約會、一夜情，以及文中所指的援交上。

4 中女：窄義爲台灣的「敗犬」。廣義爲「中年婦女」。文中用本義：年紀較大（超過二十三歲）的妓女。

辯護律師離開後，檢控官上場。

中年男人告訴自己保持鎮定，不知對方會提出什麼令自己難堪的問題。

「你好，我姓駱，有一些問題問你。」檢控官聲音低沉，蘊含強大的壓迫感，「請問偷拍在援交裡普遍嗎？」

「很普遍。」

「你常重看自己的影片嗎？」

「只會第二天看一遍，我比較喜歡看新片。」

不只旁聽席傳出笑聲，法官、陪審團也一樣。檢控官仍然一臉嚴肅。

「你是不是每次都去那間時鐘酒店？」

「對。」

「房間的間隔都一樣嗎？」

「對。」

「你背包放的位置每次都一樣嗎？」

「對，沒有其他適合位置。」

「你們進房間後，被告有給你飲料嗎？」

他一點印象也沒有，但記得「出庭作證注意事項」上寫明「如果不清楚答案便說不清楚」。「不清楚。」

「如果她手上有，你會喝嗎？」

「出庭作證注意事項」要他說實話。「會。」

「我的問題問完了。」

檢控官說這句話時，中年男人聽傻了。他本來以爲對方會向自己發動更猛烈的攻勢，沒想到只是幾條似乎不痛不癢的題目，可是他仍大感不安。雖然他案發時在場，但似乎是最不清楚發生什麼事的人。他覺得自己笨死了，覺得臉孔發熱，幸好大部分人都無法看到在屏風後的自己。

下一個證人要上場了。

III

結束對六個證人的盤問後，檢控官好整以暇，結案陳詞。

「在這個殘暴而有預謀的凶殺案裡，本案被告是以二級榮譽甲等的成績從大學電腦系畢業的聰明人。她爲了布局殺害死者，先接近本案第三證人，用迷姦水令他昏迷，用他的指紋打開他手機，找出他以往偷拍的影片，把她的臉用deepfake[5]技術合成到裡面的女人頭上，所以，剛才播出的兩段影片除了女方樣貌不同，其他內容完全一樣。在合成期間，她離開現場去公園殺人。她去殺的，就是威脅要揭發她用deepfake騙人的前客仔，也就是本案死者。殺人後，她才回去時鐘酒店催眠第三證人，讓他以爲完成了交易。這是她上催眠課程的原因。」

IV

中年男人拿了證人費，在法庭外抽菸時，手握飲料的辯護律師主動走過來跟他握手。

「雖然我的當事人被判有罪，但我們會上訴。剛才你的表現很好，今天很謝謝你來。」

中年男人對案件的判決毫無興趣，那只是律師之間的較勁。他只在意一件事。

「你知道眞相的，對吧？」

辯護律師沒有回答，鬆開手後離開。

中年男人的腦袋突然被打通任督二脈。那天他好像眞的有喝她提供的飲料，而且不只她，其他女孩給的也一樣。她們都說要先喝點能量飲品……他要盡快回家把所有影片看一遍……連親身經歷加上物證都有可能作假，從什麼時候開始，世界變得這麼可怕？

〈騙案〉完

5 Deepfake：一種利用「深度學習」（deep learning）進行僞造（fake）的人面圖像合成技術，能把甲的面孔貼在乙的頭上，可應用在圖像及影像上。

漸近線

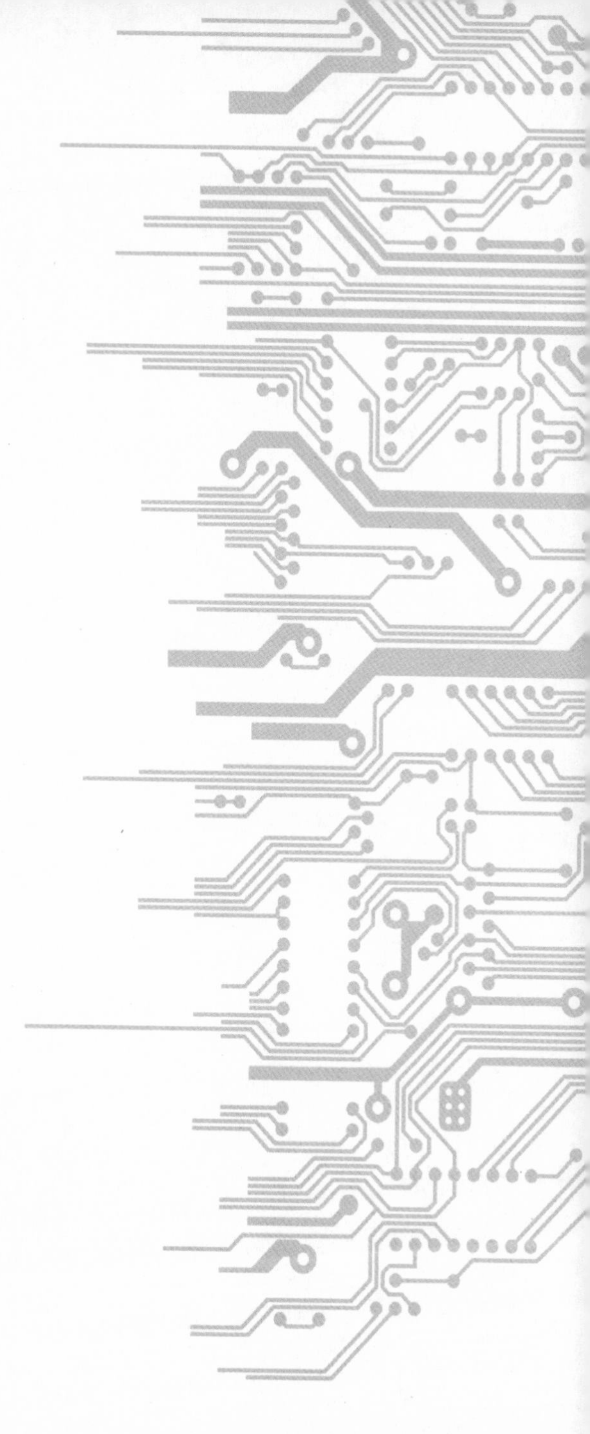

On your mark

當人類的歷史書一頁頁愈來愈厚，苦讀歷史的學子們也一次次換上更厚更大的鏡片。不過，就在各門各派的基本科學發現尚未完成前，人類各項運動成績卻已經教人驚訝地逼近極限的邊緣：即使是最頂級的運動員，在花了九牛二虎之力後，仍然沒有本領改變那些運動紀錄，或者說，他們所作的變動已經細微到連最先進的科學儀器也探測不到。

二十一世紀留下給她廿二世紀老妹的，除了一些糊塗的歷史壞帳外，就是大量像金剛不敗之身的運動紀錄。偉大的紀錄就像木乃伊般不朽。也許，我們應該用墓碑刻下這些數字，因爲它們是人類體能的最後極限，將與人類文明永久長眠。

晚近的史學家聲稱，自五十年前福山（Francis Fukuyama）發表史學鉅著《歷史的終結與最後一人》（*The End of History and the Last Man*）以降，人類的文明發展確是走向盡頭。三十年前人類的文學藝術宣告全盤破產，現在就輪到體育成績的終結。三十年後，很有可能就是科學黃金時代的結束。

運動科學家對於史學家的什麼破產終結論興趣索然，他們只借用數學上的「漸近線」（Asymptote）來描繪這種現象。X軸是年分，Y軸是破紀錄的所需時間。一條雙曲線（Hyperbola）是描述兩者的關係，漸近線則是一條愈來愈接近雙曲線的直線。記著，這兩條線都只是非常貼切地接近，卻老是不碰面的，河水不犯井水嘛！

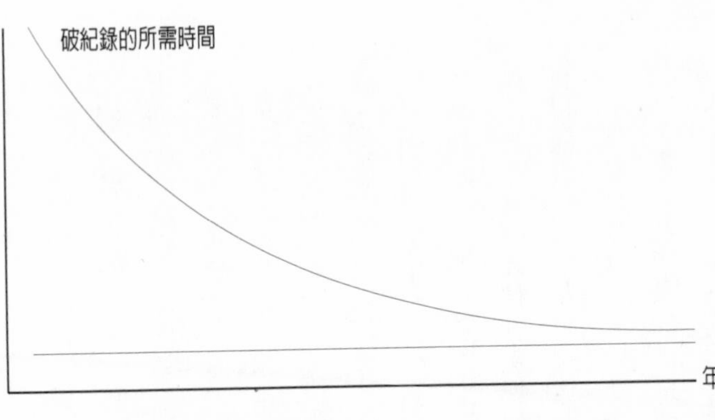

目光遠大的大資本家開始收購各類運動員，因爲能打破紀錄肯定比登陸火星更爲轟動。獨家直播一場這樣的賽事，必可從廣告客戶身上賺個盤滿缽滿。

所以，爲求刺激市場，什麼古怪的法子都會出籠。服禁藥、找幾可亂眞的機械人（或複製人）冒認貨眞價實的人類比賽等，都是一些常用的伎倆。

Get Set

貼在那顆光禿腦袋前面的，是張沒有表情的臉。我們也無法從這張臉上，看出他（或她）的年齡。歲月的齒輪似乎沒有在這人臉上留下半點痕跡。至於這人的性別，我們僅憑他在跑道上的凜凜英姿、結實的肌肉和粗獷的抹汗姿勢來判斷。他，似乎是個男性。

這個我們相信是個「男性」的運動員，過去半年來，每天都在這個全東京最大的全天候體育場館裡進行長達十小時的密集式訓練，但對此毫無怨言不吭一聲，因爲，押他來的人老是站在跑道旁指手畫腳地咆哮。

不同的是，這一天，那人少了平日的招牌動作，只站在放置了MacBook Pro的長椅側邊。一個頭髮和西裝都燙得直直的男人，深深吸了口Mevius後，吐出菊花香的藍煙。

「光源教練，阿東那小子跑得怎樣？」

光源教練一改咆哮慣了的口氣，恭恭敬敬地答：「那廝前幾天還吊兒郎當的。我教訓了他幾句後，現在可跑得不賴了。」

「你做得不錯。續約的事，我們可以慢慢商量。」抽菸的男人滿意地點頭，但嘴角的神經也只是略微向上一抽，「聽著，阿東是最新款的第四代華倫天奴型生化人。別說眼看，就是嚴格點的細胞檢查也找不到差別。我們『最佳體育精神公司』自然也花了不少錢在它身上。單是研發費用，已經夠你好好吃上幾十年了。你不會不知道我的用意吧？」

「我明白，社長。」光源教練繼續恭恭敬敬地道。

「這就最好了。」中年男人霍地站起，整一整西裝，「下個月的全日本運動會，是我們第一個目標。阿東要用9.46秒跑完一百米，做得到嗎？」

「一定可以的。」

男人吐了口Mevius。藍色的煙向光源教練的臉吹襲，但教練連眼皮也不敢跳一下。兩人一直相對無言，這樣不知過了多久，抽菸的男人才說了聲：「Good.」

光源教練的嘴角，這才有點若隱若現的笑意。

男人舉起Casio腕錶，用食指輕壓光滑的水晶錶面。

「再見了，社長。」光源教練的腰板，向前彎了個漂亮的九十度角。

男人的幻影愈發淡化和剔透，漸漸融化，最後就完全散失在空氣裡。唯獨光源教練仍然覺得那股菊花香味歷久不散。

光源教練站直身子，走到個Fujitsu電腦的廣告牌下面，這裡的空氣比較清新。

「死老鬼，有錢就要這要那，給人的薪水那麼少，要求卻那麼多，天下什麼便宜都給你佔光了，等老子中了彩票後就不要再受你的鳥氣！」

跑道上，看不出歲數的男人，不知什麼時候已經停下腳步，傻乎乎地盯著另一條跑道上的紅衫運動員。那傢伙的臉上也沒有表情，只是一味向前跑。

「阿東！」教練一見，猛然抬起頭來，扯大嗓門叫喊。

沒有表情的男人馬上垂下頭，拔腳狂奔，兩腿像發電機般煞掣不住，死命向前衝刺，很快就越過了Panasonic、Hitachi、Nintendo等幾個廣告牌。等到光源教練回到長椅時，已經嗅不到菊花香味。光源深深吸了口氣，清新的空氣。

阿東很快跑完一圈，MacBook Pro上的數字也跳躍不定。光源教練一看，眉頭又皺在一起，只好再放聲喊道：「阿東，努力，跑、慢、點！」

1

一百米的世界紀錄是9.48秒。運動學家根據人類的肌肉發達程度和反應時間估計，極限是9.27秒。像阿東這一類身體結構超乎常人的生化人，要打破紀錄實在不難，問題是怎樣跑出準確的時間，不多，也不少，分秒不差。

要是阿東第一次就跑出9.4秒，第二次又跑出9.3秒，不到幾次就到達極限。「最佳體育精神公司」的如意算盤就會粉碎。可是，如果阿東每年只是把紀錄分秒不差地推前0.02秒，他就可連續幾年都在田徑場上稱霸，而「最佳體育精神公司」，這個幕後的操盤手和最大利益者，就可連續幾年都賺一筆可觀的收入。

2

黃昏時分，教練終於步出場館，踏在歸家的架空輸送帶上，凝視東京的夜色。廢氣般的薄霧徘徊在東京的上空，歷久不散。

看來忠厚老實、平平無奇的光源教練，背景倒不簡單。

二十四年前，他十六歲，以起跑時驚人的爆發力馳名體壇，是超人氣的選手，被譽爲深具潛力的明日之星。《朝日新聞》和《讀賣新聞》兩份大報都闢過相當的篇幅專文介紹。各大體育會都想要把他羅致旗下，紛紛向他招手。最後，他加入年薪最高的「野原新之助體育會」，也就是「最佳體育精神公司」的前身。剛才猛抽Mevius的臼井社長，就是他當年的教練。

二十二年前，他首次入選國家隊，開始代表日本參加國際賽事，並屢次晉身決賽，與來自世界各地的一流選手同場角力。由ＮＨＫ[1]直播全國。熱情的同胞在運動場上高呼他的名字。遺憾的是，幾年下來，他一直都與獎項無緣。

十六年前，高齡危機使他不得不退下戰線，從運動員卡座移到教練席上，負起培訓新一代運動員的責任。可是，也許是外國的培訓計畫特別出色，也許是日本運動員素質日降，也許是時勢不對……

十年前，被人淡忘的光源黯然離開國家隊，加入由多家企業在背後撐腰的「最佳體育精神公司」，培訓新一代的運動員——生化人運動員。

回望這半輩子，如果人一輩子只能閃爍一次，他只會抱怨他的光輝歲月出現得太早。無論是中年發跡或大器晚成，都能享受遲來的榮華富貴。只有年少得志的人例外——他們多數在中年前後就開始落寂潦倒，早年的名利都成過去。

幾十年來，他已看透運動場內外的大小風景和人生百態。運動員真正的對手，既不是其他選手，也不是時間，而是長長的跑道。他們跑的，不是一條幾百米、幾千米長的跑道，而是一圈圈沒有起點也沒有終點的跑道。即使離開運動場的跑道，別無所長的運動員還要繼續走艱苦的人生跑道，一條不知長短的跑道。

光源在最風光時賺下來的大筆財產，早就在年輕時花得一乾二淨。他也老早就忘了怎樣花掉那些花花綠綠的鈔票，恐怕離不開歌舞伎町（他特別喜歡一間叫「源氏物語」的夜店）。不然，現在一定可以過點較舒適的生活，不必靠人事關係才能弄到「最佳體育精神公司」的職位，更不必受臼井社長的氣。

既然阿東可以成爲「最佳體育精神公司」的搖錢樹，爲什麼不可以爲做教練的他帶來一筆意外之財？沿著這個方向，一年前他想了個非常非常精妙的計畫，也算過在銀行裡的存款，雖然不多，卻是最近五年來辛辛苦苦縮衣節食省下來的積蓄。只要看準機會，放膽一搏，也許就可以脫離苦況。

五年來，他一直等的，就是這個機會。

「阿東，努力，跑慢點！」

電腦列出密密麻麻的數字，教光源教練恍如著魔般研究。他看著阿東一百米試跑的成

1 NHK：日本廣播協會的簡稱，原文直譯爲「日本放送協會（日本放送協会）」，是日本的公共媒體機構。

績單，口中唸唸有辭：「阿東，努力，跑慢點！9.40，9.41，9.42，9.45，9.46！阿東這傢伙跑得愈來愈好了！阿東，阿東，我愛你！」

3

轉眼終於到了比賽那天。

幾天來，東京上空的薄霧愈發濃厚。一重黑霧，像從巨龍哥吉拉的口裡噴出，把場館完全封鎖。

由於「最佳體育精神公司」放消息說阿東會破紀錄，門票又被黃牛黨炒貴了幾倍。我們也別忘了，事前幾家電視台爲了爭奪獨家直播權而鬥得好不熱鬧，瘋狂的廣告客戶則無孔不入地入侵跑道旁的廣告牌、電視字幕和運動員身上。當然，各種地上地下賭博公司也歡迎大家踴躍下注。除了賭誰是新的世界飛人之外，也賭刷新紀錄的所需時間。

光源教練相信，阿東就是新紀錄的創造者，新的時間就是比舊紀錄快0.02秒的9.46秒。他下注的是地下博彩公司，因爲賠率比較高。在此謹祝他好運中彩。如果一注獨得，厲害了，至少三億的彩池就全歸他所有。

光源教練心情激動，已經有好久好久沒有如此投入一場賽事了。

「現在是男子一百米決賽，第一線是紅孩兒，第二線是金絲貓，第三線是雷老虎，第四線是阿東……」全場一陣熱烈的掌聲。

光源教練聽到這裡，以下的是什麼都聽不入耳了。發抖的手捏著彩票，上面印著阿東的名字和時間，還有一條長長的銀碼。

他自然也不會留意，抽菸的臼井社長也在場，不過是在場館高層的貴賓廳裡。他的手指也沒有空閒，夾著根特長的Mevius。至於他的胸衣袋裡，也有一張彩票，一張銀碼更大的彩票。他一邊抽菸，一邊留意跑道上的情況。

跑道旁的那塊Seiko大錶板，列明每個運動員的時間，包括起跑、最初三十米、五十米、八十米。光源教練的注意力，就集中在這些稍後會令人心跳加速的數字上。

運動衫前印有Shiseido標誌的阿東，排在跑道的第四線，兩手按在堅硬的塑膠地上。半年來的嚴格操練，已使他的心理和身體狀態攀上高峰。肌肉裡蘊藏的無窮能量已蠢蠢欲動，蓄勢待發。

他不自覺地斜視第一線的紅衫選手。那也是張沒有表情的臉。過去半年，他們一直同場練習，卻從來沒有交談過，也沒有任何正面的眼神接觸或交流，然而，他隱隱覺得，對方的眼神不但毫不陌生，更有種無以名之的親切感——

在很久很久以前，當他還沒登上陸地，仍然在淺藍色的海洋裡漫無目的地暢泳時，那人就住在另一片海洋裡，也還是條很小的魚。至於怎樣認出他來，是因爲那同樣迷惘的眼神、那同樣沒有表情的臉，還是那同樣刻板的語調？他不敢肯定。他只記得，那時他們隔著海洋之間的幕牆親密地靠在一起，互相對視，無言地交談。這樣的生活方式，一直過了很久，很久。

他們一直以爲，海洋就是整個世界，殊不知，在他們的海洋世界以外，還有另一個更大、更不可知的世界。一雙雙睜得圓圓大大的眼睛，無聲無色地注視他們。

Go

阿東起跑十分快，反應只需0.13秒。其他人需時0.15至0.17不等。一剎間已是三十米，阿東依然領先，時間是3.73秒，和訓練時的時間相當吻合。五十米，5.43秒，又和訓練時一樣。阿東愈跑越遠，其他選手也一樣。觀眾席的人站起來，有人開始呼叫阿東的名字。光源教練離終點太遠了，其實冠軍是誰他已心中有數，問題是阿東能否分秒不差準時衝線。

錶板上阿東的數字——跳！9.14，跳！9.22，跳！9.38，跳！9.46，停了。無論是多麼刺激的數字遊戲，最後還是定了勝負。

「9.46，9.46，9.46……」光源教練不停自言自語。彩票隨著他上上下下顫抖的手震動著。

這眞是畢生難忘的時刻和數字，簡直是完美到極點的計畫。過去一年的地獄式集訓，不，應該說過去幾十多年的努力、等待和汗水，就是爲了這短短的9.46秒。過去的失敗算得了什麼？什麼金牌銀牌都只是一剎那的榮耀，遠遠比不上中彩票實際。阿東終於代替光源教練贏了他畢生最重要的賽事。明天，《讀賣》、《朝日》和《ＮＨＫ》必定會隆重其事地報導這場賽事的勝利者。

誰知道，真正的大贏家，其實另有其人。

光源教練的臉上，終於出現了一個完美的笑容。

明天早上，他就可以給老是抽菸的臼井寄封電子郵件：

老子中了彩票不幹了，我已買了去夏威夷的機票，也會在海灘買房子，以便一天到晚都可以看草裙舞。有空的話，歡迎來探我，海邊最大的房子就是我的……

這封在光源教練腦裡草擬了很久很久的退職屆，終於，可以實實在在地寫下來。

誰知道，真正的大贏家，其實另有其人。

頒獎時，場館外的黑霧像輸了賭注的人潮般散去。

幾個月來，終於有人可以從場館的位置，隱約看到幾公里外東京晴空塔的輪廓，更可以清楚看到，在晴空塔附近璀璨奪目的廣告群。

電光幻影、永遠美麗的特別頒獎嘉賓伊達杏子（Kyoko Date）[2]隆重出場，引起一陣小小的轟動。站在最高的不是阿東。人叢裡不見了光源教練的蹤影。有人看見他如中咒似地癱坐在長椅上發傻，彩票不知何時已掉到地上。慘白的臉孔全無血色，失去光彩的眼睛盯著Seiko錶板上另一行同列那個比9.46更小的數字。

〈漸近線〉完

2 伊達杏子（だてきょうこ）：日本虛擬偶像歌手。

台北故宮裡的乾隆

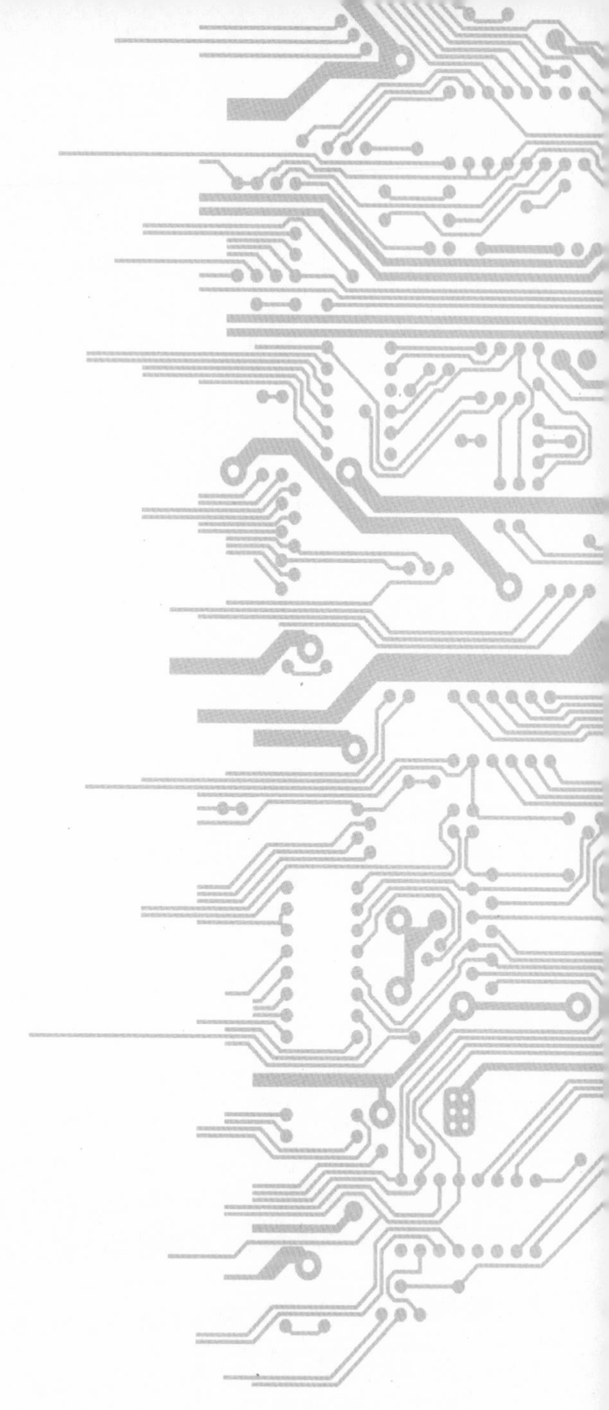

「朕知道了。」

台北故宮的藏品源自在北平（北京）紫禁城的故宮博物院，是宋元明清四朝的收藏。現藏七十萬件的文物，除了著名的玉器雕刻《翠玉白菜》和山水畫《富春山居圖》的〈無用師卷〉和摹本〈子明卷〉等國之重寶外，還有一些可供「再發掘」的國寶，如清室的硃批奏摺。

幾年前，圖書文獻部利用高科技，從這些文物上找出古人留下的痕跡，像考古學般，從塵土裡還原古人的原貌，而且不僅是還原如此簡單，而是把古人帶回人間。技術很複雜，但原理很簡單：長話短說，就是利用人工智能透過古人留下的著作（如詩作、批改過的奏摺、畫作上的評語等）揣摩其思想，用聲音和影像讓其活靈活現，成爲「人形軟體」。

第一個還原的，就是清高宗乾隆。他是民間最感興趣的皇帝，媒體改編多不勝數，簡直是大眾寵兒。故宮以他爲主題策劃的展覽便有兩次：「乾隆潮……新媒體藝術展」，跟和北京故宮聯手展出的「十全乾隆」古文物藝術展，另外飯店也趁機推出「仿乾隆御膳」，掀起熱潮。

挑選乾隆的另一個原因，是從技術層面來考量：在宮廷這個腥風血雨的地方，乾隆可以在明刀暗箭的環境下脫穎而出成爲皇位繼任人，登基後在位時間更長達六十年，成爲在位最長也最長壽的皇帝，這不但顯示其過人的生存本事，同時也留下極豐富的材料提供考古學家查證。

第三個原因是乾隆留給後世大量文獻，不只外遊時留下的題字，連詩書畫都數量甚豐（即使專家指作詩的另有其人，乾隆只是署名），甚至連宮裡不少匾額和楹聯也出自其御筆，是以留下極豐富的材料提供考古學家進行還原。

復活後的乾隆，擁有五十多歲時的外貌，這是他在媒體上常出現的視覺年齡，對大眾來說最具親和力，但蘊藏的智慧和歷練卻長達一輩子，方便他理解現時的世界。

在工作人員的期待下，乾隆終於睜開虎目。

「這裡是什麼地方？」這是他的第一句話。

出乎意料之外，乾隆說的並不是古語，而是很接近當代人說的話。專家指這是因爲人工智能系統用的是現代用語。

「這裡是台灣。」館長以不卑不亢的語氣答。

乾隆雙眼發亮，「朕居然來到這麼遠的地方！」

乾隆沒有忘記台灣，畢竟「平台灣」（即「林爽文事件」）是乾隆自鳴得意的「十全武功」之一。

乾隆沒有忘記生前發生的事，但死後的事又如何？還有他死後至今二百多年間的事又怎樣？他能否消化得來？他能否接受期間翻天覆地的變化？

這連專家也沒有答案。

幸好天資聰穎的乾隆僅花了三個月的時間就對身處的這個時代有了粗淺認識，而且主動挖掘館藏的檔案資料來閱讀，專注一如故宮的研究人員，簡直去到廢寢忘餐的地步，也幸好，他並不需要吃喝拉撒和睡覺。

他對當代政治興趣不大，民主選舉和政黨輪替超乎他想像。他堅持祕密立署才是找出繼任人的最好方式。對風靡海內外華人的清室宮廷電視劇，他看了不到十分鐘後就拂袖而去，指全是謊言。對自己身後大清國勢一落千丈感到不可思議，甚至覺得難以接受。當他得知大清被一眾蠻夷之國打得落花流水時，整個人幾乎從龍椅上掉下來，幸好只是電腦模擬的身體，所以龍體無恙。

大清明明是什麼都不缺的大國。當年外國人送給大清的貢品，如鐘錶、琺瑯器、鼻煙壺等，仍可在故宮博物院找到。他的「十全武功」也讓四方震懾，揚名萬世……如此一個強大的大清帝國，怎可能敗給蠻夷？爲什麼又要簽下一紙紙喪權辱國的「不平等條約」把國土割讓，把尊嚴出賣？鴉片戰爭距離乾隆駕崩，只不過四十年？那些敗得一塌糊塗的眞是他引以爲傲的八旗軍嗎？

這全是騙他的吧？

不過，那些不光采的歷史因館藏的《馬關條約》（日本稱爲《下関条約》，正式名稱爲《日清講和条約》，日本部分藏於日本國立公文書館）和《南京條約》眞確文本（只限大清部分，英國部分仍由英國政府保存）證據確鑿，讓他心有戚戚。即使已成爲歷史，一切已蓋棺定論，但乾隆仍像死不瞑目般在古籍裡爬梳，彷彿只要讓他弄清楚一切的來龍去脈後，他就會回到過去，改寫歷史。

「不列顛國……就是那個叫馬戛爾尼的人，向朕祝壽，卻不願向朕磕頭。」

乾隆還記得對方獻上各種儀器、槍炮和模型等毫無用處的貢品，都不是出自眞心，而是希望大清可以跟他們通商，於是一口回絕，並說大清富強，並不需要他們的東西。

後來乾隆找了一套紀錄片回頭去看二百多年前的歷史。片裡說乾隆當年玩物喪志，著眼的總是瓷器和玉器，歐洲重視的卻是工業革命帶來的火器和機器，後來遠渡重洋而來的蒸氣船更把大清的海軍打得落花流水。

乾隆看傻了眼，不相信是自己的揮霍無度拖垮整個大清帝國，但和珅在他庇護下，斂財的數量確是相當於國庫十五年來的收入，但這要等到乾隆本人死後才被揭發出來（甚至乎，他帶著遊山玩水寫了五十五處評語的〈子明卷〉後來在嘉慶年間被揭發只不過是摹本，而如今這幅畫的價値竟然是建立在自己的誤解之上）。

乾隆不是笨人，但應該知道大清的江山雖然不是亡於他手，但國運的扭轉始於在他長達六十年統治裡的安逸，大清的江山是由他一手斷送。

他回顧歷史時覺得每一頁、每一個字都怵目驚心，對外人來說，這些都是前朝歷史，但對他來說，卻是他自己的事。那些不是歷史，而是新聞，即使已成過去。他一邊讀，一邊發出慨嘆，爲自己的過失搖首頓足，爲失諸交臂的歷史深感對不起列祖列宗。

大清輸給西方列強（他好不容易承認）就算了，但在甲午戰爭敗給日本，簽下《馬關條約》（眞確文本也藏於故宮）割讓台灣就教他不服氣了。

日本只是一個小國，很多文化都是由古中國傳過去，連文字也不例外。這個千多年來一直以中國爲師的國家，怎可能打敗大清？

乾隆不是不知道原因，只是反覆推敲：如果當年英國人來訪時，他採取的是如後來明治天皇的維新改革，歷史會怎樣發展？說不定大清就會踏上富強之路，至今仍然存在，台灣仍是大清不可分割的一部分。

然而，台灣問題並不只限於《馬關條約》。在某一天的分享活動裡，一個來參觀的原住民國中生不客氣地對乾隆說：

「如果不是清廷干預，台灣會更好。」

打從乾隆還原過來，從沒用台灣人立場思考過台灣問題，一如他生前對台灣的所謂移民政策，其實是沒有政策。他翻查史書，無法想像在大航海時代初期，西班牙、荷蘭、英國、美國等國家已視台灣爲兵家必爭之地，歐洲各國和美國甚至大談殖民台灣，不管是佔領，還是買下來，不管是當成商業及軍事基地，都有其戰略意義。台灣在十七世紀隨荷蘭東印度公司佔領澎湖時已登上國際舞台，從事國際貿易，但一落入大清手上即被消極方式統治，從偏向海洋的政策變成偏向大陸，只做兩岸貿易，斷絕和其他國家的往來。大清對台灣的政策，大大改變了這島上居民的命運，原住民尤其受壓迫，生番熟番的差別待遇，連赴台就任的官員也看不過眼。噶瑪蘭廳通判柯培元在《熟番歌》裡寫道：「人畏生番猛如虎，人欺熟番賤如土。」

在乾隆和其他大清皇帝眼中，收編台灣毋寧只是一個政治取態，只是用來宣示主權。

不久後，另一個國中生也提出類似問題。他不是原住民，而是漢人，一臉稚氣，道：「你們根本沒有能力去管理台灣。別說原住民，連漢人也一樣被清廷迫害，剃髮留辮、穿滿服。只准男人來台，製造大量社會問題。你們的治國理念根本亂七八糟。」

乾隆一開始時無言以對，過了好一陣才答：「我們大清的皇帝都勤於政務，你們漢人比得上嗎？你看我們留下的皇家檔案有多少卷？」

「多少卷也沒用。」那國中生伶牙俐齒道：「其實你們只適合在關外打滾，所以最後還是滾回去了。」

在旁的志工來不及阻止這句話出口，只慶幸乾隆不是眞人，否則可能會當場吐血。

可是從乾隆面部表情的變化看來，他其實心知肚明，對他們出身關外的滿州人來說，海洋以外的世界，不只是蠻夷之地，也是他們無法想像的異地。雖說台灣曾被清朝治理，但即使在最鼎盛時期，清朝也只能統治這座島嶼的西部，東部的半壁江山仍然是由原住民穩穩守著。

民眾針對大清管理台灣而提出的問題並不多，但都很尖銳，有人認爲這是年輕一代對權威的挑戰，即使大清已滅亡了上百年。

分享會後的乾隆，從願意侃侃而談與無所不談，變得愈來愈退縮，他的話題慢慢從政治歷史縮小到只願談他的收藏品，他可以對每一樣藏品長篇大論，畢竟故宮裡不少書畫本來就是他的珍藏品，甚至有他品評，盡顯他的藝術品味，他和參觀者交談時特別強調這一點。以《清明上河圖》爲例，不單有他的題字，他還命宮廷畫師仿畫，成爲清院本（藏於台北故宮）。

但這個風流倜儻的面貌在後來的分享會上面對一波波的攻擊後終於崩潰，他最後什麼也不願多說，只躲在故宮的一角，仔細研究他以前擁有過的玩意，沉醉在自己的世界裡重溫舊夢。

這是大眾所不認識的乾隆，是陌生的乾隆，是歷史上不曾出現過的乾隆，是躲在鏡子後面的乾隆。

也許，這才是眞正的乾隆。

讓乾隆復活的計畫不能說大爲成功，但也不能稱爲失敗。他讓大眾看到即使身爲九五之尊、擁有絕對權力的歷史人物重溫歷史時，心理上的多樣性和複雜性。

雖然乾隆不願面對民眾，但他的父親雍正可不一樣，這位以勤奮見稱的皇帝還原後，非常樂於和民眾接觸，了解大家的想法，也樂意做導遊，講解清初的歷史。

雍正之所以有這表現，在於還原時，專家給他的思考邏輯動了手腳；簡單來說，就是注入了「不介意後世歷史發展和評價」的基因。

不過，正由於雍正這個特性，大家只視他爲披上皇帝服飾的工作人員，就跟演員沒有兩樣。

至於康熙指定繼任人的「傳十四子」傳說，即使後世證明是假的，在雍正面前，還是不要提及較好。不是怕他生氣，而是怕他長篇大論講解停不下來。

故宮正努力還原雍正的父親康熙。至於在設計上會採取較接近雍正還是乾隆，目前仍在熱烈討論。

不必討論的是，大家都很期待康熙開金口說那句霸氣外露的「朕知道了」！

有人說，台北故宮本身就是一個巨大的多寶格。多寶格本就是那些皇帝最喜歡的玩意，他們喜歡多寶格裡一件件珍奇，如今這些還原過來的皇帝，反過來成爲故宮這個多寶格的藏品。

〈台北故宮裡的乾隆〉完

蒙娜麗莎的玩笑

I

這是我最舒服的時候：身無寸縷的蒙娜麗莎（Mona Lisa）溫柔地伏在我身上，像貓般溫柔地來回舐舔，燎獵我背部的神經。不知道她這本領是從哪裡學來的。不過，真的很難教人相信，她在戰場上也是個極優秀的戰士，簡直像《鐵血戰士》（*Predator*）裡的隱形外星人般神出鬼沒。

我們初次合作時，背景就設定在那個槍林彈雨的午夜，《憂鬱的熱帶》雨林裡。激戰了十個回合後，我軍只死剩我們兩人，槍管裡的彈藥也所剩無幾，什麼「聲東擊西」、「遠交近攻」、「裡應外合」等奇招詭計早已不管用了。敵軍雖然也傷亡慘重，但剩餘的數十人兵力足以圍剿毫無反擊力量的我們。

相信這次必死無疑，心裡已舉了白旗。

「投降吧！這樣我們可以有多點時間玩下去。」我說。

蒙娜麗莎仍然不吭一聲，她的眼神是那麼決絕、倔強和冷靜。她的側影是那麼漂亮動人，緊緊抓著我的焦點。其實啊，我不是怕死在這個子彈橫飛的午夜裡。我怕的，是永遠再見不到這麼迷人的側影。

世事往往出人意表。

蒙娜麗莎突然發難，原來她是夜戰的高手，充分利用黑暗的環境施展奇招：先布下可疑的假象迷惑敵軍，再利用動物在黑暗中的恐懼引發分散的敵軍誤會繼而互相殘殺。期間她不發一言。等到敵軍發現眞相時已傷亡慘重，她再伺機出擊，以超乎常人的敏捷行動和不凡身手以一敵十。最後，我們不但突圍而出，更殺得敵軍屍横遍野，片甲不留。

II

「他媽的，這蒙娜麗莎是從哪裡冒出來的？」

事後，爲國捐軀、英勇戰死沙場的敵軍總司令（陣亡軍階連升三級）——也就是我的朋友（自命不凡、智勇雙全的二十一世紀軍事奇才，代號「諸葛孔明」）——像屍變那樣，從鋪滿飛灰的黃泥土裡爬出來。他一身泥污，半邊頭顱被轟掉，左邊肩膊以下已空空如也，身上滿是流血不止的傷口。

另一個從泥土裡爬出來的人也好不了多少，他的下半身已化爲泥土，上半身全靠雙手支撐，頭上有兩個空洞的眼窩並血肉模糊，但頭腦還比較清醒。

「冷靜點！勝敗乃兵家常事。」

「她是誰？給我找她出來，我要和她再戰三百回合。」

「她的代號叫Mona Lisa，沒有留下聯絡方法。我也是第一次和這麼難纏的對手作戰……你還是先回復原狀吧！」

「哼！」他暗唸咒語，腐爛的軀體又變回一身堅實的肌肉。「給我找到那妞，一定把她虐待得死去活來，然後再凌遲……」

看到他怒髮衝冠的樣子，爲免被株連，取得大勝的我從速逃離現場。不過是一場遊戲一場（惡）夢吧！何必認眞？以爲他過了一晚睡了一覺就沒事。誰也想不到……

III

幾天後，當我再次回到網絡戰場時，才發現他發了神經似地在網絡上所有戰區都豎了石碑下戰書點名叫陣，準備爲自己的名聲復仇。

潑將蒙娜麗莎：

十個時辰前，妳以不義的妖術迷惑我軍，殺我戰士，毀我家園，辱我名聲，行爲卑鄙無恥。今日，我已準備就緒，兵精糧足，決定向妳挑戰，要妳十倍奉還，血債血償，萬劫不復。見字後速前來請罪，本人或會手下留情，即擒即殺，免妳受皮肉之苦。

戰場上見！

諸葛孔明

這個奇聞在網絡世界裡引來一陣轟動，不但登上本地多份網絡雜誌的「一週網絡大事流行榜」，甚至被外國的網絡雜誌當成趣聞。遠在十萬九千里以外的洋人從歐美遠渡而來再用翻譯眼鏡看石碑內容的大不乏人，最終導致網絡大塞車。

可惜，蒙娜麗莎始終沒有回應。當時誰也不知道，她是不敢還是不屑。

然而，好戲在後頭。

一個星期後，諸葛孔明收到小道消息，知道頭號仇家的下落，馬上飛奔現場，和對頭人碰個正著。一場世紀大戰終於展開，引起近萬人圍觀。

在場的人事後回憶說，諸葛孔明一開始已發動前所未有的凌厲攻擊。開局氣勢之大，令人歎為觀止。可是蒙娜麗莎更厲害，孔明的盤算始終逃不出她的天羅地網，十個回合不到已高下立見。他那一仗輸得非常難看，只可以用「一敗塗地」來形容。

諸葛孔明從此絕跡江湖和網絡，大概無顏再見江東父老。

IV

幸好蒙娜麗莎仍然活躍。我在幾個戰場上都發現她的蹤影。她眞是個出色的戰士，出招奇快，沉默寡言，每次出手都毫不留情，異常冷血地把敵人徹底殲滅（連求情的婦孺也不例外），有時更殘忍地假意放走瀕死的傷兵，再從後把他們逐一擊倒，這些行為都令人對她白眼，而且她往往不等友軍的部署就自行發動攻擊。這種高度個人主義的表現幾乎被人排擠。

蒙娜麗莎經常成爲虛擬社區裡的談論話題。

「其實嘛！戰爭就是這麼一回事。」

「她的作戰方式，我就很反感。」

「你們有誰和她說過話？」

「沒有。沒聽過她說半句話。她會不會是啞的？」

「現在是二十一世紀中，還有什麼聾啞的？」

「會不會是從外國來的？」

「日本？」

經過這樣你一言我一言的討論後，我們恍然大悟地發現她似乎不懂中文和英文，大家開始假設，但在沒有求證下確定她是來自日本的櫻花姑娘——純粹是美麗的幻想！

V

後來，我在無意間發現她經常和我處於同一戰場，於是不尋常地在一小時內轉換了五次遊戲地點。果然，她是在網絡上跟蹤我，教我暗暗歡喜。於是，居心不良的我，半挑釁地帶她到專給異地情侶在看不見的城市裡尋歡作樂的網絡酒店「如果在冬夜，一個旅人」。

她沒有反對。也許她不知道網上酒店是什麼吧！不過，反正我們最後都進去裡面做了情侶常做的事情。她那驚惶失措的眼神、迷茫的表情、不協調的動作，顯出她在這方面的經驗尚淺，也給我莫大的滿足感。

同樣的事和動作，重複了很多很多次，當然只限於網絡上。我是個網絡性活躍者，一切活動都只在網絡上進行。

新世代的社會學家說得好，網絡性愛和眞槍實彈的性愛，就像Windows和macOS兩種完全不同的平台。

網絡性愛不但滿足了人類的原始性慾（濫交、好奇、不負責任），也是一種有益身心的運動。幾年下來，風化案的犯罪率屢創新低，賣淫業更是幾乎式微。更重要的，它是眞正完美的性愛，不受地點、年齡、種族和人數的限制。

相反，貨眞價實的肉體交媾，由於狀態、性病、年老、經驗技巧不足等種種客觀因素限制，反而滿布缺陷。在複製技術和試管嬰兒技術發展一日千里的情況下，肉體交媾的性行為正被逐漸離棄。有些人甚至不要後代。科學家認為這是迫切的危機，將可能導致人類滅絕，但也有人認為願意繁衍後代的人類仍然很多；另外也有些人認為，人類滅亡對地球和其他生物來說根本是好事。

VI

事後，蒙娜麗莎總是默默無言，溫柔地舐舔我的身體，或者來一次body massage。她的表現也日漸進步，這就更加肯定她是從日本來的——全世界只有日本的女孩子，才會溫順地看兩性關係的書來增進和愛侶的感情。

我們在網上交往了幾個月後，有天我邊用手指輕觸她凹凸有致卻又無比光滑的軀體，邊問：「妳爲什麼一直不說話？」

她沒答我，只是默默地用睜得圓圓的大眼睛凝視我。我拿杯水開玩笑潑她，結果她在我毫無心理準備下突然消失。

我後悔莫及。一個星期過去了，蒙娜麗莎也沒有在網絡上出現，我更加自責。

VII

我只好到「挪威的森林」的「末日酒店」café裡找十一哥。我們是在網絡上結拜的。他是網絡上的哲學家，公認的智者，在網絡上幫人消災解難，分文不取，只要你請他一杯虛擬咖啡就可以了。他一天有十八小時在網絡上stand by，和我一樣是靠基本收入[1]過活。

我向他娓娓道出一切。

他呷了口咖啡，淡淡地道：「老兄，你不會愛上她吧！」

「我不知道，也不敢肯定。」

「依我看，她可能不是你想像那樣好，那只是你的一廂情願和幻想。你有沒有看過科幻小說？（我搖頭）很多純情的男主角在開始時都和你一樣滿懷希望，自以爲是全網絡世界裡最幸福的小男孩。書信來往多時後，終於約了女孩子出來，才發現不是那一回事。」

「那到底是怎樣？」

「有很多種可能。第一種是，那女孩子其實只是部電腦，而且是國防部的電腦。你如果不再和它通訊，也就是甩掉它的話，就會使它非常傷心，繼而自殺。由於是國防部的電腦，會發動核彈自殺，到時全人類都會因爲你這個呆子死掉。」

「簡直天馬行空。那第二種呢？」

「那是個男孩子假扮的女孩子，情節就複雜得多了。你們出來見面時，也許他會繼續以中性打扮現身，不虞你有詐，再趁你的警戒心放鬆時欺騙你。又或者，他一出現就表明身分，對於一直以來的誤會深表遺憾，並會請你吃一頓豐富的晚餐補償，希望和你做好朋友。再接下來的發展是：如果你不幸的話，他會表明同性戀的愛好，希望你會接納他。如果你幸運的話，他會告訴你家裡有個漂亮、還沒有男朋友的妹妹，但你也知道，這可能性不大。」

「認眞點吧！信不信我開機關槍射你。」

「當然，最美滿的是，她眞的是個很美麗的女孩子。」

「眞的嗎？」

「千眞萬確。不過是五十年前的。哈哈！」他把咖啡一飲而盡，收取今次的服務費用。

「有什麼好笑。」我霍地站起來，暗唸咒語，不消半秒，我的手上已多了支藍霹靂全自動機槍，有紅外線瞄準器那種，「這是給你的謝禮。」

Café裡的其他食客繼續談笑風生，大概見怪不怪。

被亂槍掃射的他，仍然在狂舞和大笑。

VIII

「拜託，我要找這個叫蒙娜麗莎的女子。」

終於，我不得不找這個叫三色貓的男人（或女人？），他（或她）是個著名的網絡偵探。如果你在網上結識了個教人難忘的女子（或男子），或收到突如其來的郵包炸彈，他都可以代爲追查。你也可以叫他代發郵包炸彈，保證不留痕跡。

1 基本收入（Basic Income）：是指在不設任何條件下，由政府或團體組織定期發放給全體成員（該國國民、某地區居民，或某團體組織成員）的金錢，以滿足基本生活條件。

「是不是那個好戰的蒙娜麗莎？」

「你怎知道？」

「最近很多人要找她，你也是她的手下敗將吧！」

「不是。」

「不過，我也幫不到你。我也正在找她。她破壞了很多水族館。喵！」

別過三色貓後，我知道機會渺茫。冷不防有人從後面走上來，「要找人嗎？」

「對。你是……」

「我就是福爾摩斯亞森羅蘋。你聽過沒有？」

「怎會沒聽過？網絡第一奇人福爾摩斯亞森羅蘋，網絡上最著名也最怪的偵探。」

福爾摩斯亞森羅蘋似乎知道很多蒙娜麗莎的事情。他叫我直接發訊約蒙娜麗莎出來見面。

「我沒有她的聯絡方式啊！」

「我有，也可以給你，不過我要……」

大偵探的條件是，我和蒙娜麗莎見面之時，要拿他提供的超微型攝錄機一起去。好讓他能即時分享我的喜悅。

其實，就算他不說，我也會拿我的去。這麼重要的時刻，一定要好好捕捉下來。

蒙娜麗莎的眞身是香港某大學藝術系學生（不然怎會取蒙娜麗莎這代號？），家境相當富裕（她在網上的速度奇快是因爲配備最先進的上網裝置）。大偵探又說，這類女孩子不易應付，但你只要裝成藝術家的模樣，和她談談形上學（Metaphysics）的抽象問題，談談德布西（Claude Debussy）和史特拉汶斯基（Igor Stravinsky）的音樂、塞尚（Cézanne）和畢卡索(Picasso)的畫作、米歇爾・傅柯（Michel Foucault）和羅蘭・巴特（Roland Barthes）的後現代解構著作，也別忘了米蘭・昆德拉（Milan Kundera）和馬奎斯（Garcia Márquez）等幾位上世紀偉大小說家的作品……只要唸熟這份長長的名單上的名字，她很難不對你死心塌地。

我利用網上情信服務，發了一束鮮紅的玫瑰和盛滿愛意的訊息給她，希望她能出來和我見一面，無論她是美是醜，我都不會介意。根據大偵探的經驗，讀藝術系的女孩子外貌都高於平均值。

Dear Mona Lisa,

我的至愛。我們就像畢麗絲和但丁、莎弗和柏拉圖，我對妳的愛意，即使在宇宙的毀滅之後仍然不會冷卻。妳的秀髮就像巴哈的賦格般充滿旋律的美感。請和我見面，讓兩個平行宇宙相遇，譜出愛的交響曲。

Yours romantically,

阿魚

寫於想念妳的晚上

信件寄出後，我朝思暮想，每次發現新的訊息都異常興奮，但發現這不是我要的後又有萬念俱灰的感覺。每次要睡覺都依依不捨，心裡湧起無盡的虛脫感。

就在我幾乎準備了結餘生那天下午，竟赫然發現她的回覆，表示考慮多日後，願意和我見面，但她的樣子並不漂亮，教我做好心理準備（大偵探早就說過了，女孩子就是這樣）。多番書信來往後，我們約好在淺水灣某間極有品味和格調的沙灘茶座裡見面。

這一夜眞是漫長。

我躺在床上，整晚都眼巴巴地看著天花板。想走到網絡上，卻怕這時收到她說取消約會的信。結果從半夜就癱坐在客廳的沙發上發呆，看著日出的地方從黑變白。唉！

IX

我拿了福爾摩斯亞森羅蘋的超微型攝錄機，比約定早十分鐘到達約會地點。

蒙娜麗莎的眞人比想像中更加漂亮，教人眼前一亮。她一身水藍色的輕便裝束，挽著藍色的籃子，優雅地走到我面前。她的眼睛明亮通透，兩片薄唇點上柔和的淺藍色。這時，遠方的天色「接近無限透明的藍」，與海洋配合下，整個畫面協調得天衣無縫，美得教人難以置信，也令人心情愉快。

「你就是阿魚。」她以磁性的聲線道。

「對，妳……」我回想在網上輕撫她秀髮的時光，囁嚅地道：「真的很漂亮。」

她臉一紅。在這年頭，還會害臊的女孩子實在很可愛。她指著籃子，裡面發出喵喵的叫聲，「我帶了她來。無論到哪裡，我都盡量帶著她。不過，上課時當然不行。」

「我也很喜歡寵物。」老實說，這些叫聲非常刺耳。

我點了杯「蜘蛛女之吻」。她點的是「繁花聖母」。

我們的話題從一隻寵物開始。整個下午，我們都在晴朗的天空下，在浪漫的海邊，在海浪奏成的柔和樂聲中，討論近代西洋藝術的發展史。幾天來，我以超人的能力，看了大量影片，前所未有地背了海量的資料。直到這時，我才真正相信「知識就是力量」和「書中自有顏如玉」這兩句老話，在二十一世紀的香港仍沒過時。

到了太陽染紅海水，快要趕到另一邊的地球時，她已如沐春風。我等不及德布西的《月光》上場，戰戰兢兢地掏出準備多時、刻上「Mona Lisa」字樣的戒指。

「這是給妳的，蒙娜麗莎。」

幸好，我的手沒有顫抖。整天下來，這是我第一次叫她的名字。每分鐘八百下的心跳，和幾乎出竅的靈魂告訴我，這就是「生命中不能承愛之輕」。

「這是給我的『蒙娜麗莎』？」她稍微遲疑，但最後還是收下，「太厚禮了。」

我一愕，什麼妳的我的。雖說女人真善變，也不至於這樣吧！

她的臉一陣緋紅，垂下臉淺淺一笑。我赫然發現她的側面非常陌生，認知上和感覺上的陌生。

我心頭一冷。

她把籃子提到桌上。

我終於感到不對勁了。

她把籃子輕輕打開，裡面有部最新款的手機。是什麼牌子並不重要。重要的是，裡面有隻全身戴著最新上網裝置的大花貓。眼前的世界眞教人眩目，整個天空就像梵谷的畫，女孩子的俏臉變成畢卡索的立體派臉孔，海浪在我耳邊奏出史特拉汶斯基節奏沸騰的《春之祭》和貝多芬的《命運交響曲》。登——登——登——登——登——登——登——登——我腦裡幾gigabytes的資料開始猛烈翻攪，幾乎要爆開：《瘋癲與文明》、《悲劇的誕生》、《美好的生活，總是在他方》，拿本《竊賊日記》，《給下一輪太平盛世的備忘錄》；在《善惡的彼岸》，有《查拉圖斯特拉如是說》……

解除束縛的大花貓跳到桌上，溫柔地、親切地、不發一言地舐舔著我的手背。

〈蒙娜麗莎的玩笑〉完

厭世者死後的惡夢

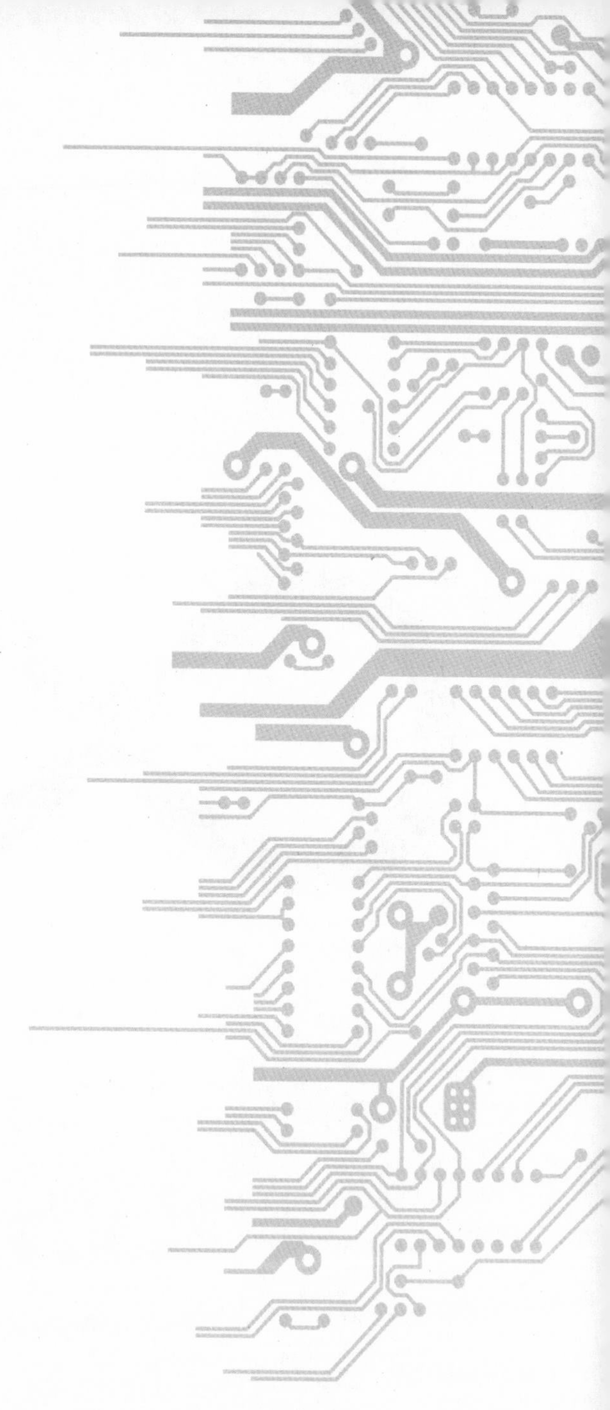

一字小說・完

〈說明在〈故事筆記〉中〉

〈厭世者死後的惡夢〉完

1K監獄

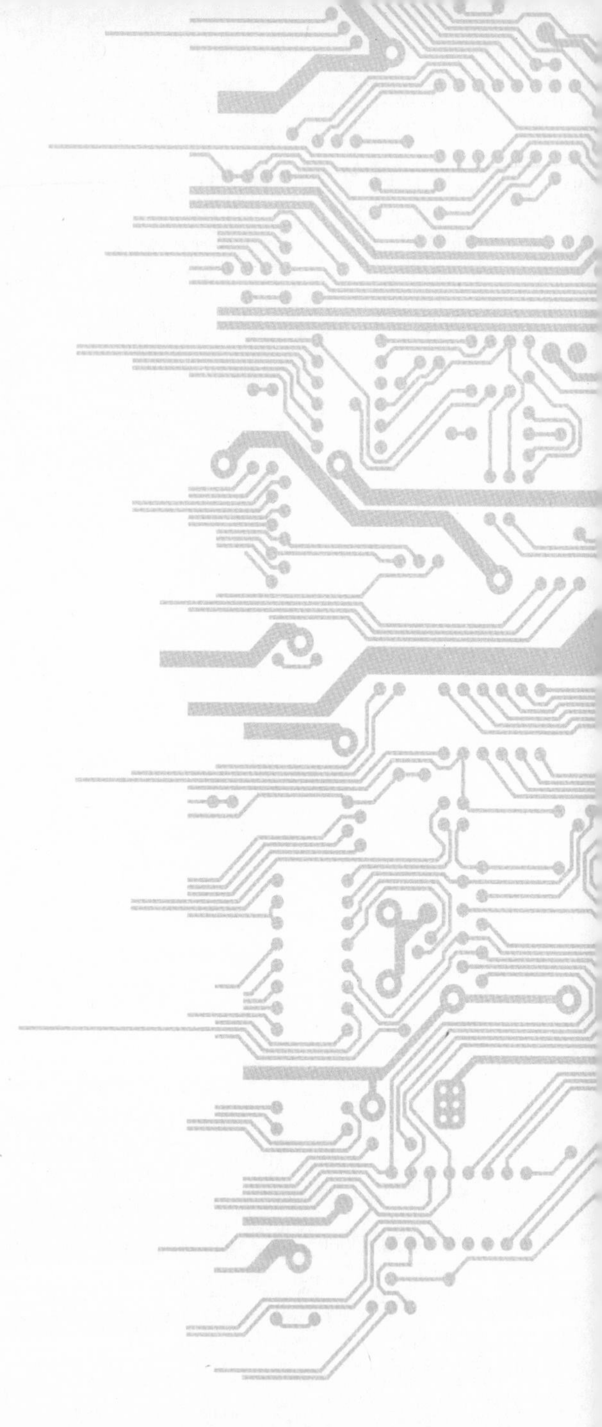

只要做好一天的勞役，就可獲分配１Ｋ的記憶。

——１Ｋ電子監獄規條

0000

他已不記得進來時腦袋一片空白的情景，那是眞眞正正的「一片空白」。他腦裡只知道「１Ｋ電子監獄」的規則，然後就是工作、工作、不停地工作。他還知道他擁有工作的能力，此外就什麼也不知道，包括他的名字、記憶、他是誰、他應該做什麼，和爲什麼來到這鬼地方？

不過，既然他的腦袋一片空白，他自然也不會問這些問題。他只知道工作，忘我地、努力地工作，以換取每天１Ｋ的記憶體。這是項奇怪的工作：做些簡單的選擇題，一道接一道的選擇題。

0001

這樣過了不知多久，他的意識才慢慢被開啓，他的記憶開始了。他發現自己像在一個沒有時間也沒有空間的電子宇宙裡浮沉，一些巨型的長條在他上下左右、四面八方呼嘯而過。這到底是什麼地方？他一點頭緒也沒有，只知道自己好像並不孤獨，能感到其他類似的「反應」或者「心靈個體」在這個空間，但不敢肯定……

這一切都一點一滴地涓涓漏入他的記憶裡，並開始有條不紊地儲起來。

稍後他回想起來，才赫然發現這就是他的初始記憶。

又過了不知多少時間，他總算接收到一些外來的訊息，而他也具備了一些和外來訊息互動的能力。這種溝通過程很奇妙，那些訊息直接閃進他的記憶裡，好像是他的記憶對他說話，對他耳語，中間沒有任何阻撓或中介體。

那訊息在他的記憶裡閃現：「你收到我的話嗎？」

「收到。」

「這裡是1K電子監獄。你知道是什麼地方嗎？」

「就是1K電子監獄。這訊息不是已經陳述了嗎？」他用邏輯學回答。

「那你還是不明白。1K電子監獄是個後現代的政府監獄，不是兩個世紀前那種用電腦控制的監獄，而是徹底架構在電子空間裡的監獄。這裡雖然很大，但其實只是窩在一堆電腦硬碟裡運作。你和我都是囚犯——也就是被判罪進來的人——都犯下嚴重的思想罪行，所以進來時都被洗掉腦裡的記憶。所有人都遺失了肉體，沒有感覺，只有反應，只有純粹的精神意識。我們只是以精神狀態存活在這裡。你能明白我的話嗎？」

〉——指標迅速搜尋字庫——〈

〈——沒有結果——〉

他問：「什麼是記憶？」

「就是你知道的東西，再加上你夾雜了在裡面的感情。」

〈——儲存——〉

「什麼是感情？」

「那是種無法用數學模型表達的資料，但對人來說卻是最重要的……」

〈——儲存——〉

這一切都在他的認知範圍以外。

他極力在記憶裡搜尋相關的資料，可惜沒有結果，只好靜默。

靜默以外還是靜默。

「……你明白嗎？你暫時把這些資料儲存進記憶裡，以後再拿出來反覆思考。」

〈——儲存——〉

他只明白「儲存」的意思。

那訊息繼續傳來：「記著，做完每天的工作後，它們都會給你１Ｋ的記憶，相反地，要是你不專心工作，思想開小差的話，它們就會洗去你全部記憶，令你前功盡廢；所以，你要努力工作。如果它們問你要新的記憶或者贖回舊的記憶，你要選擇贖回。」

他沒問爲什麼，因爲還不懂得問。

〈——儲存——〉

0010

過了很久，到他擁有96K的記憶時就開始贖回破碎的記憶，也終於夠他進行完整的思考。他剛找回自己的名字11110110 01100101 01110010 01101100 11100001 01101001 11101110 01100101[1]，至於他是誰，和他爲什麼會誰來這裡……諸如此類的記憶仍然像這個電子宇宙一樣虛空。

那個一直和他聯絡的人，全名叫01110010 01101001 11101101 11100010 11100001 11110101 11100100[2]。可是這名字太長了，大家都叫他「老大哥」。他是被囚禁在這裡最久的積犯之一，有接近5MB的記憶。

老大哥道：「你好像贖回不少記憶。」

「對，贖回了不少。」

「想知道這電子監獄外面是什麼地方嗎？」

「什麼外面？電子監獄不就是全部了嗎？」

「不，電子監獄只是這裡的全部。讓我告訴你吧！電子監獄外面就是你進來這裡前的世界。外面有很多這裡沒有的物件……」

「什麼東西？」

「你可以看到、聽到、嗅到的物件。最重要的是，你可以摸到那些物件，而不像這裡，一切只是純粹的數學計算。」

〈——儲存——〉

「而且你還有屬於你自己的身體，你可以說身體就是你的記憶載體。如果把身體看成一部電腦，而你就是那電腦的操作系統。外面的世界比身體大得多了，每個獨立的身體就

---

1 11110110 01100101 01110010 01101100 11100001 01101001 11101110 01100101：爲用二進制的ASCII碼，翻成英文後，就是Verlaine，Paul Verlaine（一八四四—一八九六），中譯魏倫。法國詩人，曾經是詩人藍波的同性伴侶，後因手槍走火傷及藍波而被判入監，坐牢十八個月。

2 01110010 01101001 11101101 11100010 11100001 11110101 11100100：爲用二進制的ASCII碼，翻成英文後，就是Rimbaud，Arthur Rimbaud（一八五四—一八九一），中譯藍波或韓波。法國詩人，在二十歲前已停止創作詩歌，但作品質量已足以讓他揚名後世。

是一個人，你可以利用身體帶你在這個世界裡遊走。你可以用身體提供的眼睛去看、用耳朵去聽、用鼻子去嗅、用手去摸、用腳去步行，用身體盡情感受和認識這個世界。」

〈——儲存——〉

「好像是個很美好的世界！」

他從字庫裡找到「美好」這詞組。

「不。以前這世界才是美好的。群居的人類組成社會和大自然搏鬥，從苦難裡學到勇氣、友愛、互助和希望。後來，經過幾千億小時的演化後，這社會發展成現在這個由幾個巨型跨國企業宰割的世界。人類征服了大自然，不必再和大自然搏鬥後，變成和人類自己搏鬥。所有人都營營役役地勤奮工作，不管他們身處玻璃幕牆後面的辦公室，或者在那些小得可憐的住宅裡，其實就和在這監獄裡沒有兩樣。我們這裡的口號是『只要做好一天的勞役，就可獲分配１Ｋ的記憶』。『認真地把工作做好，努力向上爬』就是外面世界流行的人生目標。他們不知道人生的眞正意義，因爲『努力工作』的概念從小就開始灌進他們的腦裡，使他們一生都沉溺在權力遊戲、金錢交易和性交易裡打轉。他們都是思想乾涸的靈魂，可憐得很；可是卻沒有自知之明，這才是他們最可憐的地方。凡是思考箇中問題的人，都會對此抗拒、懷疑，或者不滿，於是成爲詩人、畫家、作家、音樂家、哲學家等被視爲不事生產和思想錯誤的次等人，也就是思想犯。」

〈——儲存——〉

他的記憶體裡閃出一個字眼：「思想罪行？」

「對，你總算抓回一點記憶了。由政府控制的1K電子監獄關了數以十萬計的犯人，裡面只有小部分是犯下暴力罪的犯人，大部分都是像我們這些反抗社會機制運作的思想犯。這國家已變成一部龐大的機器，它需要的是一件件爲它操作的零件、潤滑劑，而不是抓毛病挑東剔西的人。國家機器需要的是運作無誤的程式，就像一個處理資料的黑箱，輸入『A』後，準確無誤地輸出『B』，而不是有進沒出，或者吞了『A』後吐出不明的『C』。」

〈——**儲存**——〉

「我一點也記不起來。」

「只要努力工作，你總會有足夠容量去儲存所有贖回來的記憶，到時你就可以記起以前所有事情。」

「我可以嗎？」

「一定可以的。像我，以前就是個無可救藥的浪漫詩人。進來以後，我重新發現自己。經過反覆思考後，以前那個只會寫浪漫抒情詩的時期已離我遠去，我現在是個滿腦子都是革命思想的詩人。我決定要逃出去，推翻萬惡的金權制度，建立自由的國度。怎樣，有沒有興趣加入我的革命黨？」

他沒有推卻也沒有反抗，因爲他根本不知道怎樣反抗。老大哥於是慫恿和帶他加入革命黨。等到他贖回的記憶漸多，他也終於知道革命是什麼一回事了。

0011

老大哥熟悉電子世界裡的一切法則，是他告訴大家保全系統幾乎沒有任何漏洞，除了在每三十萬小時一次的維修時期：保安系統會在通訊系統、網絡系統、防衛系統、偵察系統及後備資料維護系統一一解除後，暫時停頓一秒鐘。

這一秒鐘是整個１Ｋ電子監獄裡少許不設防的時刻。

老大哥打算趁電子監獄每三十萬小時一次的維修時間，從保全漏洞的轉接口開溜出去。

這也解釋了老大哥爲什麼對這裡每一個人都極友善。他一直都在祕密地吸納同黨，他不知道哪些人對他有用、哪些人會破壞他的大計。

他原本想找個熟悉電腦系統的傢伙，只要有個專家助他一臂之力，他就可以找到另外的出口。可是過了這麼久，他等待已久的人一直沒有出現，他才猛然想起，熟悉電腦的專才是國家機器的資產，是社會需要的人才，怎會像他們這些異端般犯下思想罪行？

在無計可施之下，老大哥只好憑他多年的豐富工作經驗，親自面試新入冊[3]的犯人，細心交叉審查他們的背景，看看有哪些和他志同道合的共犯可以合謀革命的大業。

根據老大哥計算，離這個三十萬小時才發生一次的大好時機，只剩下二千小時。時間緊迫，他要加快做好吸納同黨的工作。

「別把我們的革命計畫告訴給別人，誰也不可說。以後我會隨時找你。」老大哥消失前丟下這句話。

〈——儲存——〉

0101

爲了贖回更多記憶，他只好繼續努力工作。１Ｋ電子監獄的勞役採輪更制，每更十二小時。這些工作很機械化，只是做一些簡單的選擇題。重複而單調，周而復始，毫無意義。

「這些題目並不像看來那麼簡單……」

老大哥告訴他：「題目的種類很多，有些是要測驗我們的忠心程度，看看我們有沒有作反的意圖。有些只是些機械運作，以消磨我們的意志。剩下的一些，才是眞正要我們解決的難題。根據哥德爾（Kurt Gödel）[4]的『不完備定理』（Incompleteness Theorems），

3 新入冊：香港俗語，指關進監獄。

所有系統都有不完備的地方，也就是盲點。這些難題就是1K電子監獄這系統永遠無法處理的資料。」

「那會是些什麼資料？」

「我們也許永遠無法知道，這系統也不會讓我們知道，所以他們都是把題目轉譯過後才傳給我們處理。其實，『不完備定理』應用在人類身上也可以。所有人的記憶底層都有個無法解開的結。」

老大哥開始和他說一些很個人的記憶，從他怎樣開始寫抒情詩、怎樣寫詩而無法發表、怎樣在工作時被同行敵視、怎樣對整個世界不滿……老大哥從記憶裡抽出一首他以前寫過的詩句——「我已流太多淚／心碎的黎明」[5]，到最後怎樣被人發現他的特殊癖好，同時再被人定位為不務正業的社會次等人，兩大不容於世的罪行同時曝光，終於使他被關進1K電子監獄裡。

「你的特殊癖好是什麼？」

「同性戀……你知道是什麼嗎？」

「不知道。」

「在很久的從前，當外面的世界裡仍沒有流行變性遊戲時，人類只有兩種性別，一種是男，一種是女，男女要一起合作才能製造新的人類。那時男的只能喜歡女，女的只能喜歡男，因為男男或女女合作都無法產生結果。」

〈——**儲 存**——〉

「直到後來，人體已可以利用人造子宮製造新人類，變性手術也變得簡易方便時，性別已經不太重要，男女的配搭也很自由。可是，我仍然是個異類，因爲我不肯變性，我是男的，但也喜歡男的。我不會影響別人，我只想找回我的同類，但是這已經是個思想罪行，因爲我的想法和別人不一樣。進來１Ｋ監獄後，男女犯人的身體區別已不存在；可是，我仍然執迷於尋找一個純陽性的，和我離開這裡。」

〈——**儲 存**——〉

「離開這裡？」

「對，我要和他一起走……你有喜歡過的人嗎？」

「不知道，我沒有類似的記憶。」

「如果沒有的話，你可以自我幻想、自我創造。喜歡一個人是很美妙的記憶感覺，你無法用數字或圖表來勾畫……老實說，我有點喜歡你……怎樣，你喜歡我嗎？」

「不知道，可以說喜歡吧！」

---

4 Kurt Gödel（1906-1978）：哥德爾，奧地利數學家兼邏輯學家，以《不完備定理》聞名後世。

5 我已流太多淚／心碎的黎明：出自藍波的詩句。

「喜歡不是一見鍾情，一見鍾情不是喜歡。肉體的相互吸引是人性的醜陋和墮落。性交是內部磨擦、痙攣、黏液排洩，僅此而已[6]。肉體終歸會腐爛，只有靈魂才不朽。我們這種純思想的交流才是眞正的愛情。你將來會明白的……來，把這個收進你的記憶裡。」

老大哥分了些記憶給他，「以後，你就可以隨時找到我，而不是像以前那樣，只有我才能找到你。」

「這是什麼？」

「保護你記憶的程式。你在這裡的記憶都可以被1K監獄的偵察系統察覺，他們會知道你想什麼，全無私隱可言。裝了這個程式後，他們就只能看到一些零碎而無意義的記憶，那你就可以和我做自由的思想交流，也不怕內容外洩。」

「我們這些交流它們偵察得到嗎？」

「別人的交流可以，我的就不能，我的程式使他們只看到我們在做資料傳送，而不是眞正的談話內容。」

「你眞有本領。」

「我不過利用傳送資料的檢查位元[7]而已……我的工作時間到了。再見！親愛的。」

「再見！」

「記著找我。我愛你。」

「一定。我也愛你。」

他感到老大哥逐漸遠去，心裡有陣莫名的悸動。

0110

依老大哥建議，他贖回不少記憶的殘章，拼湊起來，他總算知道幾乎連自己都不爲所知的過去：他曾經有個幸福的家……父親是銀行的財務長……母親是會計部主管……他們的工作都很忙……但是在深夜下了班後……都會走進他的睡房裡……親他的額頭……可是有一天，他的母親被快車撞倒，雖然保住性命，但軀殼已不能保存，她的大腦被裝進家裡的玻璃箱裡，由維生器維持生命……父親受不了這個打擊，最後竟精神崩潰……他們一家都痛恨機械文明……

---

6 性交不過是內部磨擦、痙攣，最後排洩黏液而已。語出羅馬帝國皇帝Marcus Aurelius（120-180）用希臘文寫成的《沉思錄》（*Meditations*）。

7 檢查位元（Paritybit）：是爲免傳送的資料串中途變異，所以附加在資料串裡的一個位元。像傳送0010000這條資料串，如果系統要求1在資料串的數量總和是雙數的話，就要附上1爲檢查位元，使整條資料串成爲10010000，裡面有兩個1，也就是雙數；如果要求1的總和是單數的話，就要附上0爲檢查位元，使整條資料串成爲00010000，裡面只有一個1，也就是單數。

中間的記憶仍然空白，但他從此就成爲一個自由派的詩人。他和老大哥一樣都是詩人，難怪他們特別投契——這是他新近學來的詞彙。不過，他這詩人更喜歡肉體和精神放蕩不羈的自由。

爲了贖回更多記憶，他只好繼續努力工作。他也和老大哥持續保持親密的來往。老大哥對他這個稍後會一起逃離這鬼地方的愛侶說，在１Ｋ監獄的七十億囚犯裡，他只能挑出七萬個革命分子。人數雖然少了些，但他們都是菁英，只要他們逃得出去，這世界就會出現翻天覆地的變化。

「在革命時刻之前，我們都要努力工作，別露出任何破綻。」

0111

「各位同志，還有十小時，就是我們大舉革命的時刻，稍後我們就可以重奪我們失去多時的身體。爲了我們的革命大業，請大家謹記在『革命時刻』到Ｏ點集合。」

老大哥的革命訊息利用轉譯法夾在資料後面的檢查位元，傳遍整個電子監獄。革命分子繼續佯裝工作，非革命分子繼續工作，值班囚犯繼續回答無意義的選擇題，休班囚犯繼續佯裝休班……

事實上，所有人都在參與革命，無論他是否爲革命分子。

期待已久的「革命時刻」降臨時，通訊系統、網絡系統、防衛系統、偵察系統、後備資料維護系統果然如老大哥預料般一一除下，寂靜無聲地除下，要是老大哥沒說，誰也不會知道。

到了最後，保全系統果然被解除了，所有革命分子都同時擁向O點的關口，滿懷興奮。

老大哥再也沒有向他傳來訊息，大概太多資訊積聚在一起，使訊息傳送的時間被拖慢了。但他很快又收到另一個訊息，訊息以匿名的方式悄悄地傳來，但口氣十足老大哥：「親愛的，請別前進，快到K點。」

他轉身一翻，旋即抵達K點，速度奇快，因爲這裡幾乎無人。

老大哥在他身後出現，「這裡才是眞正的出口。」

他回身驚問：「這裡才是？」

「對，所以，我才刻意叫他們擠到O點去以掩人耳目，到保全系統恢復正常時，就只會逮到數量龐大的逃亡人群，我們也可神不知鬼不覺地從這裡溜出去。」

「你出賣他們？」

「是不是很卑鄙？不過沒辦法了。革命就是這麼一回事，大部分人都是爲小部分人犧牲。我這樣做，都是爲了你。」

「我明白。」

他們雖然無法相視而笑，但同時迅速穿過K點，再鑽進一條條蛆洞，邁向監獄出口。

後面傳來流竄的訊息：革命分子發現無法穿越O點，懷疑革命失敗，於是呼叫老大哥，可是沒有回應。

系統很快重新開動，革命分子全部被迫現形，以便讓保全系統清理。它會把他們的記憶全部洗掉，一切重新開始。

「老大哥騙我們……打倒老大哥！」

革命餘孽的訊息愈來愈微弱，最後終於完全消失。

「別回望他們。爲了成就我們革命的大業，他們只好成爲犧牲品。群眾只是我們的踏腳石。」老大哥冷冷地道。

一行兩人穿過重重導向器和關閘，通往最後勝利的轉接口近在眉睫。可是老大哥認出這是一道邏輯門，一個單數進入的邏輯門。他們之間，只有第一個進入的才可以穿過去，第二個進去的會被彈出來，到了第三個才能再通過。

他們想不到保安系統居然會擺下這一道。

老大哥義正辭嚴地說：「外面的世界需要我這個革命分子，所以我一定要出去。可是我不放心，不能留下你在這裡。」

「那你打算怎樣？」

「給我點時間，我要想個好辦法，我想和你一起出去。不過……」老大哥走近邏輯門：「你聽我說，外面的世界需要我這個革命分子，所以我一定要出去，我出去後，一定會把革命搞得轟轟烈烈，等到革命成功後，無論多困難，我必定會回來接你走。你是我的好兄弟和情人。我會爲你寫很多美麗的詩句。你一定要等我，知道嗎？」

「對，我一定會等你的。臨走前，你可以給我一個紀念的電吻嗎？」他知道，老大哥這一出去，多數不會回來。老大哥只是想給他留下美好的記憶而已。

「怎樣的電吻？」

老大哥回過頭時，他卻衝去邏輯門再閃身穿過。那感覺眞奇妙，他開始獲得一種實體的感覺，他的記憶無限放大擴展至全身，他感到他的載體已不只是些記憶，還有些他無以名之的附帶品。

他開始，

聽到，

一些，

聲音……

唯一美中不足的是依稀殘存老大哥傳來的訊息：「你背叛我，你這婊子。」

他才不會花時間和老大哥說無意義的花言巧語或詭辯，老大哥也許是眞心喜歡他的，但他撫心自問，打從一開始就沒喜歡過老大哥：「我才不是什麼婊子。我只是個自由派詩人，一個熱愛自由的詩人，爲自由而不擇手段的詩人。而你這騙子只是爲了謀取私利，根本不打算搞革命，那兩個字只是號召和愚弄群眾的口號。奇怪，怎麼古往今來那麼多人會上當？」

1000

所有記憶都回來了。

他現在所處的地方，大概是電子監獄最外圍的邊境，他完全沒有被監視的感覺。

他總算知道他是誰、他爲什麼來到這鬼地方。他在父親精神失常後出走，他開始批評社會機制並嚮往一種無政府狀態，並且以詩追尋和歌頌他的理想。

然後他就因爲思想罪行而被關進來。

現在讓他最高興的原因，不只取回一切記憶，也包括得到一個身體。他知道自己正鑽進一個身體裡，這種感覺很奇怪，就像他以前接觸水時，把手掌伸平撫摸水面一樣。稍微用力，手會沉進水裡；把手放鬆，水會把手浮起。

他繼續把玩手掌，讓它載浮載沉。

手掌，慢慢沉進水底深處。

他意識到自己的感知，同樣慢慢陷入一具結結實實的軀殼裡。

他知道，他已經很接近成功了。

他深深吸了一口氣，然後呼出氣。

他成功逃獄了。

1001

「恭喜你回來。」

「謝謝。」

「這遊戲暫時告一段落啦！」

「什麼告一段落？你是誰？」

「我就是本電子監獄的獄長。這裡每三十萬小時一次的維修工程已經完成，你的逃獄遊戲也結束了！」

「什麼遊戲!?」

「在你身上發生的那場精彩絕倫的逃獄經歷，不過是我預設的角色扮演遊戲，讓我看得頂過癮。連續三十萬小時的不停操作，實在太累了，我需要一點點娛樂。這次的主角就是你，眞是非常感謝。你那５ＭＢ記憶體裡殘存的記憶，是從古中國的成語資料庫裡抽出來的，叫作『過橋抽板』，你滿意嗎？」

「開什麼玩笑？我已經順利贖回我入獄前的記憶。」

「你以爲你贖回的眞是你以前的記憶嗎？你以爲你們可以反抗整個體制嗎？太天眞

了。」電子宇宙在震動，所有程式都發出歡呼，資料方塊在竄動。忐忑不安的他望著黑暗空虛的異度空間。「人類有文明以來，從來沒有一個體制可以超越本身的限制。因爲那個限制因子也是體制的一部分。人類的進步只是一場假象，本質上幾千年來一直原地踏步。貪婪、自私、欺善怕惡、弱肉強食。怎樣？是不是很熟悉？

「我賞賜給你們的，並不是你們本來的記憶。你想想看，這裡是囚禁思想犯的電子監獄。既然你們以前的思想錯誤，我怎會把它們還給你們？你說對不對？不過，結果你們不但沒懷疑這些記憶，反而很滿意。」

「騙我！騙我！我不相信。老大哥在哪裡？」

「你居然還記得他。他回到他原本居住的老地方，他大概正在爲三十萬小時後的另一次革命準備。幾乎忘了告訴你，他不過是個堵塞保全漏洞和疏導監獄裡反抗情緒的程式而已，我們這監獄連反對的劇本也幫你們寫好。」

「你騙我！」

「我不管你信不信，反正你都要留在這裡。以前那個逃獄的劇本太爛了，連我都有點厭，這次，我想稍微改動一下結局。你不必開口，你在想什麼，我都一清二楚。你現在的處境已經是嶄新的結局，經過我精心設計，保證夠爽夠過癮。」

「是怎樣的結局？告訴我。」

虛空的電子宇宙再沒有傳來任何回答。

一切回歸死寂。

過了不知多少時間，他被一陣森冷的能量刺醒，他睜開沉睡已久的眼瞼，終於看到他很久很久沒見過的物理現象——光。

還有聲音、味道、溫度等感覺……

他離開了電子監獄，徹底擺脫了那沒有肉體感覺的電子空間後，終於取回肉體。也許是獄長大發慈悲，讓他回到眞實的世界。不，也許剛才他聽到的只是些夢囈。對呀！一定是他的大腦在記憶轉移時產生的夢境。

一定是的。

如果他不是他，他會是誰？

他沒多想，他還是他，不是別人。

這麼辛苦離開了監獄，等待他的，一定是個皆大歡喜的結局，就像劇作家莎士比亞的喜劇一樣，主角遇到再大的困境，最後一定會柳暗花明、皆大歡喜。像他這樣正直的人，又怎會悲劇收場？他靜靜地躺在床上。電腦一直說會改動結局，那是怎樣？

他已經自由了，很快就可以站起來，離開這個房間，還可以見到其他人，和他們熱情地握手，感受一下握手那種結結實實的身體接觸。他已經很久很久沒有握手了。然後他會請他們帶他參觀這個新世界。過了這麼久，這世界一定變了不少。也許複製技術已經合法化了，人類也已經在月球和火星建立了殖民地。到時他一定要努力工作，等到儲夠了錢，他要買個複製美女回來，組織一個家庭，好讓他可以擁抱他的家人，熱烈地擁吻他們，而不是像在1K電子監獄裡既沒有肉體又孤苦伶仃的一個人。

他不會再當自由派詩人了，這樣美好的生活、美麗的新世界，本身已是一首詩了。

他熱切期待和這個美麗新世界接觸。

他一直等待，奇怪怎麼過了這麼久，手指仍未能動彈分毫？

這畫面變成了一個定格：全身赤裸的他不能動彈地躺在一張閃現銀光的鐵床上，卻無法轉身去瞧這個承托他身體的金屬鐵架，只能任金屬的冷感刺進他背部的肌肉再竄進大腦神經裡。他暫時可做的，除了等待和幻想外面那個美麗新世界以外，就只有仰視那高不可攀的灰白天花板，讓白光從四面八方冷冷地逼視著他。

他不知道，這個等待和懷疑的結局，早已降臨在他身上。

離開電子監獄後的劇情發展，就是被肉身牢獄無止境地囚禁。

〈1K監獄〉完

談判

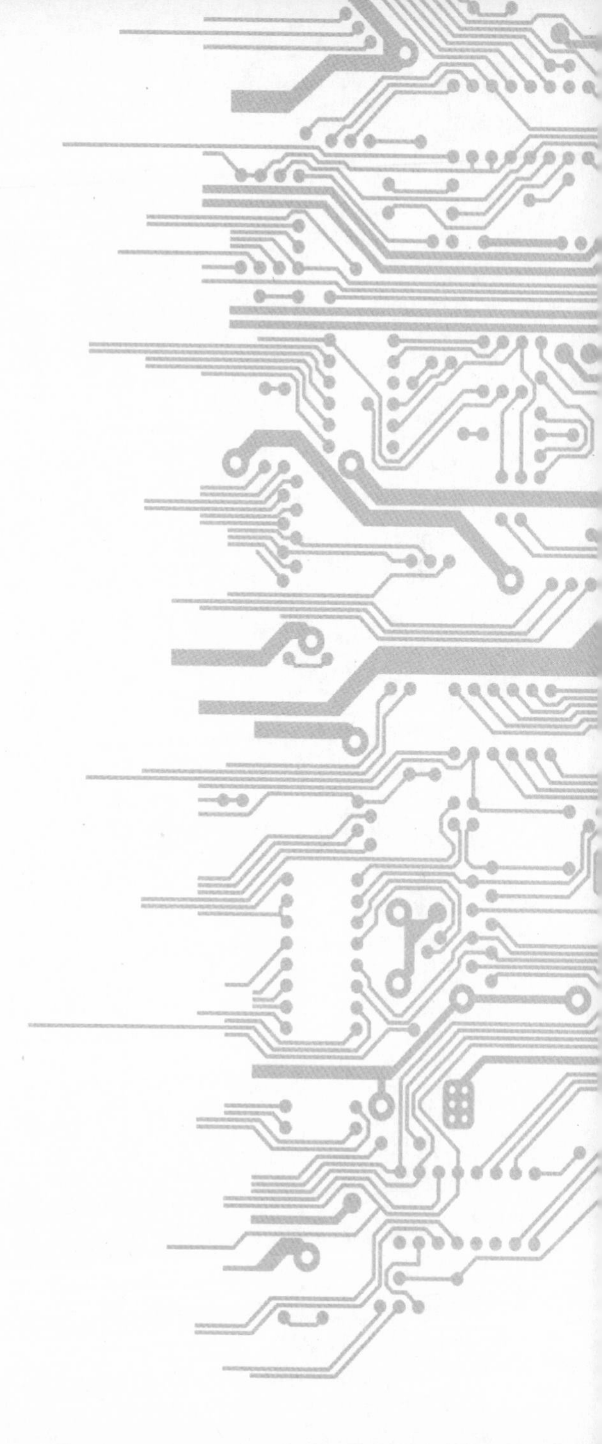

「Michael對妳已經沒有愛意。他現在愛的，是我。」

這年頭，愈來愈多人喜歡在公眾地方談論家事、私事，什麼都談。不管是講電話，或者打字。

這次的主角是個九十後的女生，地點在地鐵車廂裡。

她有樣有身材，是男人喜歡的類型，雖然長得不高，目測大概只有一米六，但單憑迷人的臉蛋就足以令男人神魂顛倒。

她很霸氣地繼續在畫面特大的手機裡快速輸入道：「妳願意跟他離婚的話，我會叫他好好待你們母子。最起碼，你們現在住的豪宅留給你們。」

她打的每個字我都看得一清二楚。

「什麼屁道理？妳這狐狸精！」對方回覆：「這是我們聯名買的房子。我們買時，妳還不知道在哪裡？」

「對，那時我還沒有出生，所以妳明白我比妳佔了多大優勢。你們上次做那事是在什麼時候？上世紀嗎？」

狐狸精有時靠的是憑外表看不出來的技巧。我自問見識過不少。少數已經被扶正上岸住豪宅，面前這個仍要逼地鐵，顯然是個仍在努力的social climber。

社會向上流的機會已經沒有了。單憑一份朝九晚五的收入，正常上班族根本沒有機會在香港買樓，納米樓不是人人都有興趣。女人只有找上財雄勢大的男人，才有機會大幅改善自己的生活，離開永無止境的rat race。

做情婦，也算是一種職業，畢竟不是所有人都做得來，而且要承受一定風險。

我握著手機，準備發短訊時，狐狸精換上另一個APP，和另一個人對話：「唔知個女人點搵到我嘅WeChat a/c，我同佢傾緊。」（不知道那女人怎會找到我的WeChat帳號，我在和她聊。）

對方答：「大概是偷看丈夫的手機。」（大概是偷看丈夫的手機。）

「有上鎖㗎喎！」（有上鎖的吧！）

「趁老公瞓咗嗰陣揨個手機過去攞佢指紋咪得。呢次個男人係咩來頭？」（趁老公睡覺時把手機拿過去偷他指紋不就可以嗎？這男人是什麼來頭？）

「Michael，呢，嗰個律師行合伙人。」（Michael嘛，就是那個律師行合伙人。）

「鬼記得！妳想搶嘅人哋老公，我聽過至少十萬個。妳手上同時揸住幾百個盤。呢個律師係咪告人嗰隻？」（誰會記得？妳想搶人家的老公，我聽過少說十萬遍。妳手上同時抓著幾百個男人的命根子。這個律師是不是能告人那種？）

「佢專做樓宇買賣合約。最近幾個樓盤個發展商都指定佢哋個行做，發到變豬頭。」（他專做房子買賣合同。最近幾個新建案的建商都指定他們的律師行負責，錢賺到滿滿的。）她打字快如閃電。

「係咪響電視主持法律節目講樓宇買賣合約，叫買家小心交易陷阱嗰個靚佬律師？」

（是不是在電視上主持法律節目講房子買買合同，叫買家小心交易陷阱那個熟男帥哥律師。）

「係呀！佢前日重響節目教人要注意『必買必賣』條款。」（對呀！他前天還在節目教人要注意『必買必賣』條款。）

「妳點識到呢件筍貨？」（妳怎會認識這個搶手貨？）

「我哋響偷情網站度識。」（在偷情網站上。）

「佢哋班男人唔係驚單身女人甩唔到身㗎咩？」（他們這些男人不是很怕結識了單身女人後甩不掉嗎？）

「我呃佢話自己新婚，但重未玩夠。到男人落咗疊沉咗船，妳想佢撇妳都難。」（我騙他說自己新婚，但仍然很愛玩。男人愛妳到不能自拔時，妳看他怎會甩掉妳？）

「佢同老婆一齊上過電視，係愛妻號喎！」（他不是和老婆一齊上過電視嗎？是愛妻號來的！）

「形象啫。除咗件西裝同領呔，個個男人都一樣。佢將同老婆嘅嘢講晒畀我知。話佢保守，食古不化，唔睇電視，淨係鍾意睇書，重會寄聖誕卡畀人，今年年頭先開始轉用智能手機。痴線㗎！咩時代啊！正常老公點頂咁嘅女人？話時話，妳響電視都見過呢個女人。唔化妝，無保養，水桶身材，衣著保守。娶著個咁嘅女人，畀著我係男人都走啦！」

（形象而已。脫下西裝外套和領帶，每個男人都一樣。他把跟老婆的事全部告訴了我。說她保守，食古不化，不看電視，只喜歡看書，還會寄聖誕卡。今年年頭才開始轉用智慧型手機，眞是神經病！什麼時代了！正常男人怎能接受這樣的女人？話說回來，妳在電視上也見過這個女人，不化妝，不做保養，水桶腰，衣著保專。討個這樣的女人，換了我是男人也要開溜！）

「要離婚人哋一早離咗，點會輪到你？」（要離婚早就離了，怎會輪到妳？）

「佢話未撞過我咁後生嘅女仔，人生第一次感到動搖。信我，呢次我一定得。」（他說未認識過我這麼年輕的女生，人生第一次感到動搖。信我，這次我會搞定。）

「破壞人哋家庭幸福，妳因住收尾嗰兩年。」（破壞人家的家庭幸福，妳會有報應的。）

「人哋仔大女大，細細個就去咗外國讀書，同佢關係疏離。」（人家孩子不小了，早就給送到國外唸書，和他關係疏離。）

「妳同人WeChat傾，驚唔驚人哋公開？」（妳和人家在WeChat上聊，怕不怕被公開？）

「Michael話佢老婆信奉家醜不外揚。」（Michael說她老婆信奉家醜不外揚。）

她回去WeChat。

「妳開個價吧！」對方說。

「不，反過來，妳開個價吧！我叫Michael給妳。」

「我剛匯了三百萬去妳的銀行戶頭。妳不用還我，不用交稅。見好就收吧！」

三百萬。狐狸精盯著平板電腦的畫面看了好幾秒，彷彿不相信眼前出現的好事。

我居高臨下，瞪大眼睛，沒想到是這麼大筆的分手費。

「妳怎會有我的銀行戶頭號嗎？」

「他不是匯過錢進去嗎？我是他老婆當然知道。」

趁停站、列車穩定時，她登入銀行戶頭。我瞄到。她的綜合理財戶口結餘連一百萬也沒有。

「妳騙我！」她抬起頭來，深呼吸，臉紅起來，直到耳根。

過了一分鐘，對方仍沒有回應。

「頭先嗰個女人話過三百萬畀我，點知原來係呃我！」（剛才那女人說匯三百萬給我，誰知道是騙我的！）

「佢想知妳嘅底線。如果妳即時還價，即係話要更多錢先可以收買妳。如果妳即刻check，證明妳接受呢個價。」（她想知道妳的底線。如果妳立馬還價，表示要更多錢才可以收買妳。如果妳立馬去查，表示妳接受這價碼。）

「原來咁㗎？」（原來是這樣？）

「初級談判技巧。佢出到呢招，妳一定要提高價錢。」（初級談判技巧。她出到這一招，妳一定要抬高價碼。）

「唔會啦，捉到呢條大魚，我係唔會放手㗎。我重拍埋片。」（不會了，好不容易釣到這條大魚，我才不會放手。我還拍了片。）

「個個妳都話拍片啦，結果咪又係」（每個妳都說拍片，結果還不是沒有）

……

列車去到中環站時，她收起手機，下車，轉荃灣線。

我沒有跟蹤她，一直坐到總站，在堅尼地城下車。

我不喜歡和父母一起住，所以一個人搬了出來，反正我負擔得起。

回到家後，我把剛才用手機偷偷錄下的影片抄到電腦上，再做點宵夜來吃，順便看未看完的《紙牌屋》（*House of Cards*）。沒有了Kevin Spacey的最後一季，到底在搞什麼？

快天亮時，我才回到電腦前，先去最著名的那個雲端服務網站。

Username是狐狸精的電郵地址，這個連同她的手機號碼我早就知道，密碼是……雖然是八個英文字母連數字兼有大小寫和符號，要撞可能要花不知多少年，但只要把影片用慢鏡重播，一分鐘內就看得一清二楚。

登入失敗。沒有這個戶頭。

沒關係，市面常用的雲端服務只有那幾個，我不認爲她會例外。

果然，第三個就順利登入。我不覺得有幸運成分。不少人都和她一樣，一個密碼走天涯，兼嫌麻煩沒有啓用雙重認證。

她會收到電郵警告說有人用別的device登入她的戶口，但凌晨三點半，要養顏的女人早就睡了。

我利用檔案大小爲優先次序，很快找到二十多條影片。

才播第一條，就發現精彩無比。

接下來又看了幾條的開頭，都是她擔任女主角，而男主角就有不同臉孔。

我不知道她拍下來幹什麼，是想勒索人，或者留爲紀念？

不管怎樣，我把影片全部抄了下來。

早上六點多，我看見「陳太」在線上了。陳太最近爲此失眠，我很是擔心。

我告訴她我已經把所有極私人的影片抄下。

那個狐狸精用的雲端服務速度很快，我用的光纖服務也是全城最好。這些陳太都不懂。她什麼高科技都不懂，所以從來不會在公開場合討論私事，不會在公開場合輸入重要密碼，不會爲私密的事拍下影片，不會把家人的照片貼在網絡上。

雙方對決時，犯錯最少的一方，就是贏家。

當然，最重要的是，她有我這個兒子。有些事不能假手於人，家醜不外揚。她教的。

我跟蹤狐狸精一個多星期，終於完成任務。

母親掌握了她的影片，等下談判時肯定佔盡優勢，我希望能夠像今天般在現場欣賞狐狸精的反應。

話說回來，爸爸一定很好奇，爲什麼這幾個月來，他在外面找的女人最後都會自動消失？我很想告訴他，要玩得久的話，請找有點腦袋的。又或者，他其實就是專門找沒腦的女生，然後讓母親……近年再加上我……替他善後？這一切全在他意料之中？

眞是天曉得。

〈談判〉完

黃昏的人

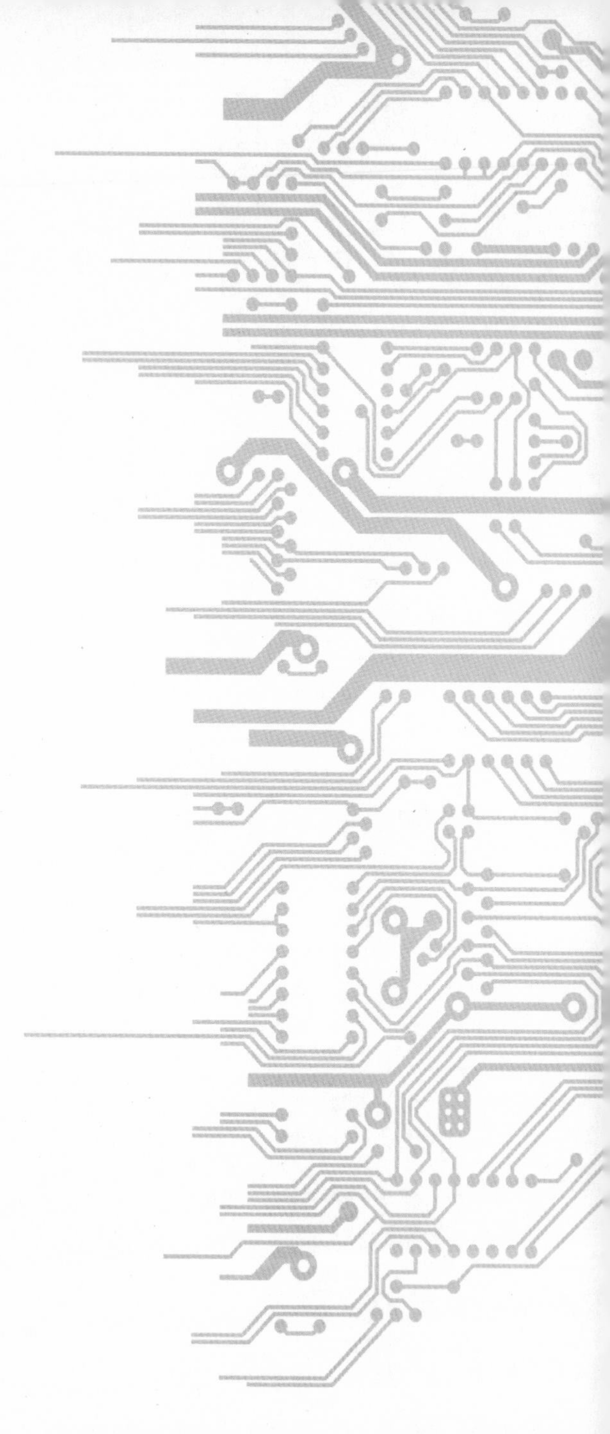

機械人三大定律：

一、機械人不得傷害人類，或因袖手旁觀而令任何人受到傷害。

二、除非與第一定律抵觸，機械人必須服從人類給予的任何命令。

三、除非與第一或第二定律抵觸，機械人必須盡力保護自己。

I

沒有星星也沒有月亮的天空一片漆黑，幽暗的長路兩旁只有微弱的燈光。附近沒有任何花草樹木。寂靜無聲的無軌架空列車劃破氣流高速穿梭。一條銀影在一片灰色、無聲的背景下，默默地步向一座三層高、門口貼了「時空局」三個字金屬牌的建築物。

他輕輕地推門而進，裡面的情況與外面截然不同。明亮的燈光像電子槍般指向他，他的眼睛一時不能適應這股強光，只得用手掩臉。

「歡迎光臨『時空局』，先生。」

一把悅耳但仍不掩其機械本質的女聲道。由於他剛從死寂的街道走進來，這聲音就像清新的天然空氣般給他新鮮感。

他漸漸適應這強光，把手拿開。

「我要到『黃昏時代』——還是他們主宰世界的時代。」

「你不是作家敖聖嗎？」

「我要到『黃昏時代』，怎樣去？」

「根據記錄，過往並沒有人到過『黃昏時代』。」女的閉上眼睛，大腦接駁上時空局的電腦資料庫，用了不足千分之一秒的時間搜尋。「我們也沒有開鑿過通往『黃昏時代』的通道。不過，如果你需要的話，我們『時空局』可以爲你開鑿。等等，我剛接到指令，凡是要回到『黃昏時代』的，都要有特許通行證。」

「我有。」

作家拿起那女的的手，把自己的手掌貼上去。

「你通過了。」女的領他走向一間龐大的電腦室，「不過，根據通行法，凡是要回到『黃昏時代』的人，大腦都要經過我們的整理。」

「沒問題。」

「要不要購買『黃昏時代』的地圖、日用語語法、歷史資料等記憶？」

「已經有了。」

「你要換下這身衣服，不，也不必，那時也流行這一套。」女的示意他走進一個銀白色的金屬箱裡，「通道已經鑿好了，你可以隨時出發。到達的時間是……」

II

「黃昏時代」的古城，夕陽騎在地平線上，海邊的建築物都披上了金衣。從遠方看來，那是一幅平和寧靜的圖畫。然而——

「反對第六代電腦！反對機械人！」

一條長達數里的人龍浩浩蕩蕩地穿梭於鬧市之中，爲首的一個年輕人，拿著擴音器大聲疾呼：「停止生產第六代電腦！停止生產機械人！」

「停止……」

尾隨的人群跟著高叫。一陣強風吹過遊行隊伍經過的街道，捲起不少金屬垃圾。風聲雖大，仍敵不過人群的怒吼。

風像一條亂跑的狗，闖進一條無人留意的窄巷。黑巷盡頭有一輛殘舊的汽車，那是十多年前的舊式汽車，是仍用汽油發動的。要處理這堆廢鐵十分困難，政府只得任由它安安靜靜地躺在那裡休息。車門緩緩地打開，有一個人爬了出來。他整一整衣服，舉頭環顧四周，心想：到了。

他摸黑走出暗巷，看見如河水洶湧的人潮，多少有點心情蕩漾，正不知如何是好時，一股迅速的電流閃過他的電腦導線。

他並沒有立刻加入遊行隊伍，只是在隊伍的旁邊跟著走。「這就是『反代替事件』

代』，我是第一人了。」

吧！」敖聖心裡想。「爲了探索寫作靈感，追求我們機械人失落的情感，而回到『黃昏時

他追隨著大隊，不斷把現場情況用立體錄音、錄像記錄下來，儲在他的「大腦」中。突然，有一個年輕的女子迎面向他走過來，手拿一疊紙張，又遞了一枝筆給他，說：「先生，請簽名支持我們的反對機械人行動吧！」

他上下打量這女孩：除了身上那件寫滿標語的上衣以外，並沒有什麼特別的打扮。他正在猶豫不決之時，那少女勸道：「先生，請你支持我們吧！我們會把收集得來的簽名交給政府。如果繼續生產大量高智能機械人，不但工人失業，其他行業也會被機械人壟斷。」

敖聖見她苦苦哀求，就拿了筆，隨手畫了個機械人的語言符號上去。就在這時，隊伍前列傳來一把響亮但刻板的聲音：「前面的市民聽著，現在天色已晚，你們必須立即散去，否則將會違反『聲響污染條例』。前面的市民必須迅速散開……」

那刻板的聲音一再重複。

他調整眼睛的倍數，看見隊伍的前方有數千個機械警衛築起人牆，後面還有警車、直升機，企圖阻止人群前進。

「各位市民，我們工人的就業權益已被工業家的機械人剝削了。我們不能再向政府屈服，我們不能再被機械人威脅我們的就業機會。我們向前衝啊！」透過擴音器的聲音叫道。只見一位走在前列的青年，像衝鋒陷陣的將士般殺上前方。

機械警衛無視人群情緒的激動，冷冷地道：「請市民保持冷靜，襲警是違法的。立刻停止前進，否則我們馬上抓人。」然而，那青年的話像武士令一般下了，所有人都向前衝。機械警衛見勢色不對，一方面築起堅固的人牆，一方面從牆的兩旁閃出千餘名警衛抓人，儼如一場攻防戰。兩軍交接時有人追趕，有人逃跑，有打人的，有被人打的，情況十分混亂。

明顯地，無論在哪一方面，機械人始終勝人一籌。警衛不但沒有讓任何人越過陣地，而且開始收復失地，轉守爲攻，進行大規模的驅散和搜捕行動。

「你們這些機械人完全違反了法律，你們沒有資格抓我們！」那青年領袖大聲叫道。這時街道上空出現了直升機，發出爲他們辯護的廣播：「各位市民注意，我們已獲政府授權清場。我們只聽從政府的命令，這是比任何機械人法例優先的。我們只是奉命執行任務。」直升機開始發放催淚彈。

有人見勢色不對，迅速往後散開。敖聖從歷史中知道，「黃昏時代」快要接近尾聲，「機械人革命」已經開始了。可是，他沒有學過親身經歷這些大場面時該如何應付。

他的大腦不斷運作，但沒有給他任何答案。

倒是他身旁的少女拉著他的手邊走邊說：「先生，你快點走吧！」

「我們往哪裡走？」他的手被拖著，好不狼狽地問。

「到安全的地方去，越遠越好！」女的頭也不回，只顧往前跑。「林絲，是妳呀？」

另一個女的跑到他們身旁，同樣狼狽。

直升機像一團黑雲般飄過他們的上空，繼續追逐人群。它撒下一塊白色的「帷幕」，慢慢地朝著逃跑的人降下。

林絲的身子突然一軟，倒在地上，手臂被撞傷流血。敖聖上前扶著她。旁邊的少女也支持不住昏倒了，他又扶她一把：「很明顯，這並不是普通的催淚氣體。」

他兩手各捧著一個沉重的包袱，因而動彈不得。現在他一是丟掉兩個負擔，一走了之；一是繼續守在原地不動。

「滋！滋！」

他的腦像接通了一條特別的線路，一道電流順利通過，閃進他的思路：「人是應該有責任心的。」他也很明白，他的見識越多，越能豐富他的作品內容，況且這是一個千載難逢的機會。他原是不怕氣體侵襲的，但還是調整自動休息掣，佯作昏倒。

III

過了不少時間後，休息狀態自動解除。他也從迷茫中恢復清醒，發現自己處身在一片黑暗之中。他一個轉身，手拍在一個軟綿綿的身體上，透過紅外線，他知道身旁的就是剛才帶她逃走的女孩。他再環視四周，只見有幾百人躺在地上。他們還沒有死，人體發出的熱能在黑暗裡構成美麗的圖案。

紅外線鉅細無遺地在視線範圍輕掃，繪出身處所在的建築圖。這裡是個大禮堂，他的右方有個小型的舞台，舞台的頂端有個十字架。他的左方是一排封塵而不透光的玻璃，玻璃外面是另一幢建築物，裡面的房間布滿細小的桌椅……

這似乎是間破舊且廢棄已久的學校……他也清楚知道，電腦家庭教師已取代「人師」很久了。

很明顯，他們是被警衛當作犯人般囚禁在這裡。政府下一步會怎樣處置他們呢？他頓時想起一種源自「黃昏時代」的刑罰：把人的思想抽離肉體，再輸入電腦，他就得接受永生不滅的囚禁，囚禁在二進碼裡。Sentence in Binary Code[1]。但更重要的是，只要執行清洗程式，所有記憶都會自動消失，也就是說，所有人的思想都會毀滅。

「起來！起來！起來！」

逼人的呼喝聲和門口的燈光同時來襲。他裝作欲睡不得般爬起，不準備做任何掙扎。但警衛開了大燈，所有人都被迫清醒過來。

「先生，怎麼……怎會見到你？這裡……是……哎喲！」那剛起來的少女睡眼惺忪地

1 Sentence in Binary Code：指「二進位碼中的處刑」。

道，她手臂已不再流血，不過——

「妳沒事嗎？」

「沒什麼，只是……只是手掌還有點痛。」

「讓我看看。」敖聖作勢輕按她的痛處，其實他早就知道她的手掌移位：「妳是叫作林絲嗎？」

「對。你怎……」她的話剛出口，他突然用力，把手掌移回原位，她感到一下劇痛，但所有痛楚隨即消失，「謝謝你了。你怎……知道？」

另一個女孩爬過來。林絲就想起很多事情來了，「這是我的同學水目。請問該怎樣稱呼你？」

「敖聖。」他不假思索地回答，從未來回到過去的人，其名絕不會有人知道。

就在這時，有人大吵大鬧地叫：「你們這政府會拖垮人類的，你們會自食其果！」他聽得出，是那青年領袖的聲音。

「別吵，再吵的話就一槍把你打得稀爛。」只見遠處有個警衛單手提起那青年，可憐那瘦弱的身體在空中舞動，四肢也不斷掙扎。

「出來！」一排持槍的警衛說。「一個接著一個，手按在頭上走出來。」

敖聖、林絲、水目和其他人一起走到操場上。那裡有部很大的電腦，也是個殺人不見血的劊子手。有人被帶到它面前，被細長的銀針刺進太陽穴，他怪叫了一聲後就倒在地上。

「你們要接受思想教育。」有個機械警衛道：「我們會把最正確的思想直接灌輸給你們。」

敖聖見情況不妙，急謀應變策略。他乘一個警衛走近，迅速襲擊它的致命電掣，方法是向他的弱處輸入大量電流。敖聖本身是機械人，而且是來自未來的高智能兼高裝備的機械人，自然可以做到這一點。只見那警衛身子一軟，敖聖奪了它手中的電子槍，同時煽動其他人作亂。

排列整齊的人群迅速崩潰，他們紛紛找地方躲避，像是宇宙大爆炸後四竄的火花。敖聖見機不可失，連忙用槍掃倒了幾個警衛，也沒忘記向那劊子手補上致命一槍。

然而他很明白，強大的警衛隊可以很快收拾亂局。這種局面轉眼即逝，他必須把握時機。他向一輛警車衝去，用密碼電流開了車門，冷不防裡面原來也有個警衛。它從車廂裡向他開槍，他頭一側，避過了流彈，並立即彎身向它發炮。那警衛避無可避，身中多彈，一命嗚呼。

敖聖按按鈕把它彈出車外，拿了後備座椅，關上車門，衝進散亂的人群中，把林絲和水目接上車。警車在混亂中亂碰亂撞。

「接白汝上來吧！」林絲指著那慌忙逃命的青年領袖。車門開到一半，青年已好不狼狽地鑽進車裡。

一陣槍聲後，已有不少人應聲倒下，局面開始受到控制。敖聖駕車衝破守衛線，向外直逃。

「到底是什麼一回事？」白汝摸不著頭腦，指著敖聖質問：「你是機械人，是不是？」

敖聖本想說「不」，然而林絲已搶先說：「敖聖先生，請你老實告訴我們吧！我們知道電子槍和警車車門是要用密碼電流開啓的。」

敖聖一時不愼而露出馬腳，急忙找個藉口道：「不瞞大家，我是一個逃亡出來的機械人。我比他們高級，不甘心被那些死板的程序限制，所以，我要反抗他們。」

IV

車子以高速從位於郊區的學校開往城市。

密集的黑雲，竟然也在天上築構出一個黑色城堡。

「你是它們派來的特務吧！」水目抱著懷疑的態度說。車子突然緊急停下，車內的人全部向前猛撲。敖聖冷冷地道：「如果你們不信任我的話，可以立刻下車。」一股電流掃過他的大腦。

「不……我們不是這個意思！」林絲說，「我們信任你，可是你爲什麼不救其他人呢？」

「你認爲我可以救這麼多人嗎？我們先是吃虧在以寡敵眾，後是敵我勢力懸殊。」

「我信你。敖聖先生，只是你認爲我們可以推翻政府的政策嗎？」白汝問。

「你不必叫我什麼先生。」敖聖繼續開車，卻沒有透露歷史眞相：「只要你們肯努力，一定可以的。」

「希望如此。」白汝嘆了一口氣。「那可惡的政府太不像話了，過分依賴機器，結果弄到機器越聰明，人類越愚笨。新一代的教育令小孩連四位數字的加減乘除也不會算，只得借助電腦。很多人都依賴即時傳譯的機器，不肯學外語。工業家爲求減低生產成本，大量採用工業機械人。最初在古城裡，只有工人才會失業，不過，當電腦可以爲自己編寫程式時，連程式設計的工作也消失，過了不久，其他行業的人也相繼失業……這些也許你已聽厭了吧！」

「不，你繼續說下去吧！」

「隨著高智能機械人的發展，它們可以代替人類做每一項工作。終有一天，人類再不需上班，機械人會徹底取代人類。那時人類社會的結構會自動解體，文明崩潰，人類只會走向滅亡。」白汝仰望天空，知道快要下雨了。「不過，敖聖，我們知道你與別的機械人不同，我們會把你當作朋友。」

又是一股電流傳來，敖聖笑著說：「謝謝。」他知道歷史已註定機械人從此順利取代人類，建設地球。可是，親眼目睹人類在世上滅亡，不知怎地，他不禁唏嘘不已。

「奇怪，怎麼它們不追上來呢？」水目問。突然林絲有所發現地道：「你們看看城市那裡，什麼東西在上空飛行？聽！有炮火聲！像在打仗。」

「要不要進城呢？」

「進城吧！無論如何，我們也要進城。即使是送死，也要爲捍衛人類而死！」白汝不多加考慮便道。

「可是……」

敖聖知道城裡發生什麼事，卻又不敢說出來，只好說：「那麼，大家小心一點吧！」

V

車子瞬間進入市內，只見到處一片頹垣敗瓦，空無人跡。一陣殘風吹過，翻起地上的塵土。廣告招牌搖搖欲墜，也有些已掉下，在地上爆出碎花。

古城一下子變成廢墟，眾人看見無不神傷。突然，遠方有一機械人發射飛彈過來，敖聖驚叫：「跳車！快！」眾人迅速飛身跳離汽車。當他們還沒有到達地上時，那車子已在巨響後變成一團火球，並冒出黑得駭人的濃煙。

「到這裡來！」敖聖引眾人走進一條小巷。白汝邊跑邊問：「到底是什麼一回事？」

敖聖頭也不回地答：「打仗！剛才襲擊我們的是『藍天使』型戰爭機械人。」

「不可能的！他們不可以殺害我們的，那簡直違反了機械人定律。」林絲看看後面，哭喪著臉說。

「向右轉！」敖聖他們又轉到另一處，腳步聲像教堂的末日鐘聲般敲打在地上。「那是機械人的自我意識問題。當機械人愈來愈先進時，它們和人類已經差不多沒有分別了。同時那個好政府對它們的條例寬限愈來愈大，它們也就不自覺地認爲自己是人類，不能再屈服於機械人定律之下。他們追求人的定義，要把自己也包括在內。可以說，這是一場機械人的聖戰！」

到處都是炮聲。一個重型的工業用機械人從天而降，在他們前面不遠處著地。

「人類能勝利嗎？」白汝一再重複這問題。此時的天空已是灰沉沉的了。

敖聖領大家往另一條路走。「人類根本沒有牽涉入這場戰爭。打仗的雙方都是機械人：一方是先進派『藍天使』型戰爭機械人，他們不承認自己是機械人，他們毫不遵守機械人三大定律；一方是捍衛派工業用機械人，它們不承認對方和自己不是機械人，它們基於維護三大定律打仗。然而，它們是低等的，只是改良的工業機械人，絕不可能打敗戰爭機械人。」

「不行，我一定要爲人類而鬥爭。」白汝突然停下腳步，握緊拳頭。

驀地，那昏暗的天空閃過一道電光，一條筆直的光線打在他們前面的地上，然後發出一堆強光，眾人不敢直視。最後，強光消失，只剩下一片光柵，像牆般立在地上，和黑沉沉的背景形成強烈的對比。

這時，一個「藍天使」型機械人從遠處向光柵飛來，光柵裡有人影伸手一指，那機械人立刻在空中爆炸。看得白汝、林絲和水目幾個人類瞠目結舌。

敖聖朝光柵定睛一看，發現有兩個熟悉的面孔，一個是時空局的女侍，一個是著名的機械人學家木然。

林絲在胸前劃上十字聖號，口中唸唸有詞。「謝謝神來搭救我們。」

「小姐，你錯了，我們不是神！」女侍指正說。「不過，就算是神，也救不了你們人類。我們是從未來回到這裡的。據歷史記載，先進派機械人取代人類一早已成史實，雖然我們最後醒悟到自己根本不是人類，欠缺情感，但我們仍然在追求成爲人類的程式。題外話不多說，歷史是誰也改變不了的！」

木然向敖聖招呼道：「敖聖先生，你過來吧！你已接通了我們機械人的情感線路，這是我們科學家過往一直開啓不了的大鎖。你已透過這次事件動了眞情，你和人類連那一點點的分別也消失了。過往，我們還只是人化了的機械，而你卻是機械化了的人，來吧！爲了機械人的將來。」遠處傳來一陣很響的爆炸聲。木然又道：「你會成爲最出色的作家，我們會給你最優厚的年俸。來吧！」

敖聖舉步欲前，說：「好吧，不過，我希望帶我的朋友回去！」

白汝搖頭，「我不會走的！敖聖你這個騙子，你明明知道人類是不能勝利的。你幹嘛還要到這裡看人類的滅亡？」這時古城烽煙四起，戰爭已進入最後階段。

「敖聖先生，你過來吧！」女侍說。「他們根本沒把你當作朋友。『黃昏時代』只是一個歷史名詞，你不屬於這個時空。」幾陣黑煙在光柵背後的遠處冒出。

林絲辯道：「敖聖，雖然你是未來的機械人，我們是眞正的人，可是我們仍把你當我們的朋友，你曾經和我們共同進退，我們是不會忘記的。你回去吧！我們縱使死在這裡，也會爲捍衛人類的名聲而死！」她說罷摺起衣袖，一臉置生死於度外的神色。

敖聖說：「既然你們不走，我也不打算回去！」

木然急道：「敖先生，如果你是他們的朋友就聽他們說，跟我們走吧！你需要回到未來，我們需要你，這裡不屬於你的。」烏雲籠罩在光柵的上空。

「我不走。」敖聖一個轉身，「爲了我的朋友，我不走。」

白汝向敖聖走去，拍拍他肩頭，道：「果然是好漢！敖聖，我錯怪了你，我能夠認識你，實在是我的榮幸。」

「既然是這樣，我們走吧！」敖聖示意各人離開。他們準備投身炮火連天的戰場去。

突然，木然的話像響雷般劈來：「敖聖，我再問你一次，你回不回來？」頓時，大家都聽不到四周的炮火聲，彷彿木然就是整個古城唯一能說話的人。

「只要人類仍有能力打垮一個機械人，我仍然會留下。」敖聖打破木然帶來的死寂。

一滴滴雨從天降下，可是卻不能熄滅熊熊的戰火；相反，四周的煙火越冒越多，每刻都可聽到「藍天使」型戰爭機械人發出的炮火聲。

「敖聖，我最後一次問你，你回不回來？」木然指著他，眼神像要殺人一般。

上。

「我——不——回——去！」敖聖一字一板地嘶叫著。雨一條條線般落下，打在他身上。

木然的手指在空氣裡輕點了幾下，看似沒有什麼動靜，可是白汝、林絲和水目的身子卻緩緩地放軟，倒了下來。

敖聖扶起身旁的白汝問：「你怎麼了？」手指在他鼻尖一放，觸到白汝鼻孔裡呼出的一股熱氣，也是最後一股熱氣，然後，敖聖再也探不到任何氣息。他扶著的只是一件沒有生命的物體。

「你們太卑鄙了！」他怒目盯著光柵裡的人，吼叫說：「你們爲了一己的私利殺死我的朋友！」雨點越下越大，把四周的炮火聲掩蓋住了。他聽到如瀑布洶湧的雨聲。

木然冷笑地道：「我們原不想這樣做，是你逼我的。現在你不必爲你的朋友負起什麼使命。走吧！爲了我們——機械人的美好前途。我們需要你的情感……」大雨越下越凶，到處一片迷濛。敖聖看見的只有白茫茫的一片，他感到失落和孤單。

「你們還要追求什麼情感？」一滴眼淚從眼眶中滾出，滑過他的面孔。「你們根本不能明白什麼是情感。」雨水滾進他的嘴裡，滾進他的喉嚨裡，滾進他的胃裡。他看見的光柵只是那麼一點點。「我剛追求到的情感，就給你們的無知毀掉了。你們永遠也追求不到什麼情感！」

敖聖聽到若隱若現的炮火聲，戰爭並未因他要做抉擇而停止，時刻都有機械人在他的上空穿梭。殘酷戰爭的勝利者就是無情的機械人。這場雨彷彿就是爲戰爭洗淨大地。

「來吧！」光柵傳來遙遠的呼喚聲。再沒有滋滋作響的電流通過，他感到自己不再是機械人，而是有血有肉的人了。

「來……」他再也聽不到，看不到。他只感到他的朋友在呼喚他。他用手按在自己的總掣上。「我不再是機械人了，再也不必受制於三大定律。」他耗盡電流，和他的朋友一樣，倒在濕軟的地上，流出機械人沒有的血淚。

光柵裡的人沒有發出嘆息，戰火也沒有休止。雨依然下著，咇咇啪啪地打在敖聖身上。雨水混和淚水把他淋濕了，再也不能分出哪些是雨，哪些是淚。

〈黃昏的人〉完

動物眼中的人類良知

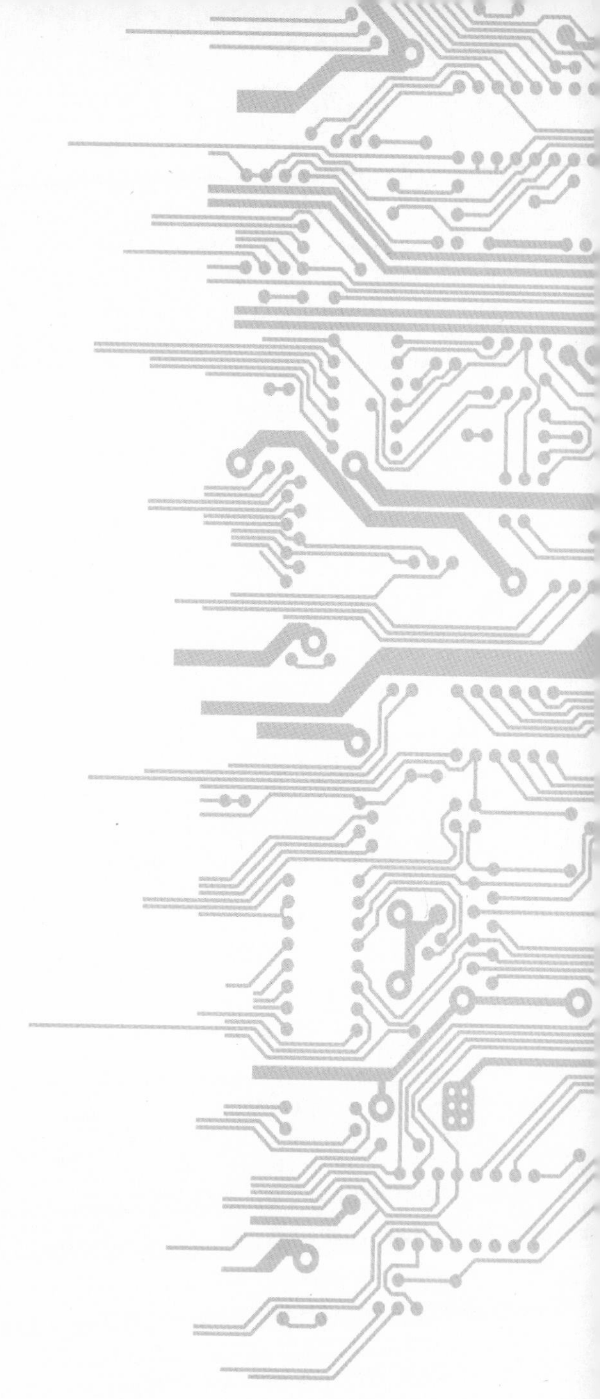

無字小說・完

（說明在〈故事筆記〉中）

〈動物眼中的人類良知〉完

消失的信長公銅像

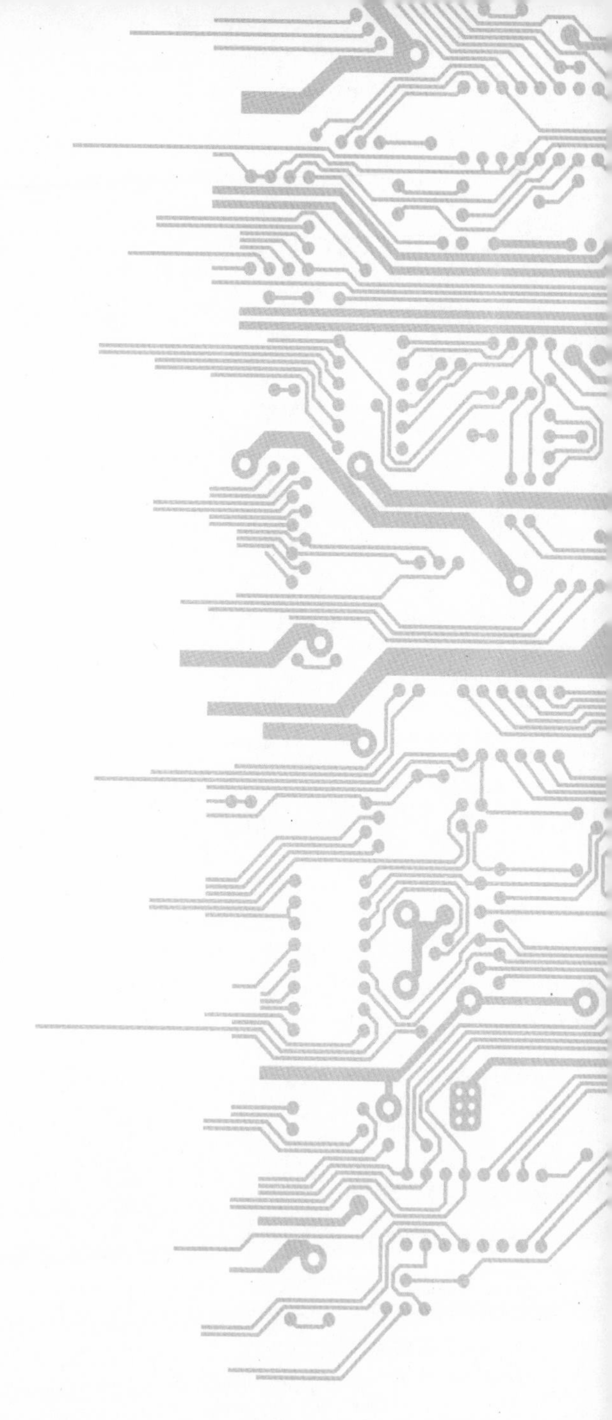

台北賓館位於博愛特區，原爲「台灣總督官邸」，於一九〇一年落成，有別於台灣總督府純作行政用途，除供台灣總督居住，及接待訪台的日本皇族外（曾於一九二三年迎接裕仁皇太子——日後的昭和天王），亦舉行部分官方活動。建築主體的磚石採用清代台北城牆的石條。

第一位入住的台灣總督是第七任的兒玉源太郎，最後一位是第十九任的安藤利吉。其中第七任是明石元二郎（一八六四—一九一九），號柏蔭，福岡藩出身，是唯一一位於任內逝世及葬於台灣的總督。身爲日本陸軍大將，他精於情報戰，煽動俄國內亂，令沙皇疲於奔命，間接令日本在日俄戰爭中取勝，戰績彪炳。因景仰日本武將織田信長，所以委託日本雕塑家須田晃山雕塑信長公銅像，一九一九年春天雕成，置於總督官邸二樓東邊的總督起居室。豈料半年後，明石元二郎因病於回日本匯報時逝世，並按其遺囑運回台灣安葬，但信長公銅像卻從此不知所終。

由於銅像擺放的時間很短，所以不曾見於史書、文獻及其他官方檔案或記錄上。父親告訴我說，這銅像給施了法，擁有這銅像的人會戰無不勝，即使在和平時代，也會擁有權力。

追索銅像下落，一度成爲風潮，特別在反日本殖民運動時，大稻埕的人日夜密謀找出銅像，但始終遍尋不獲。到戰時，有人懷疑信長公銅像已被熔掉來做子彈。

我倒覺得，即使信長公銅像避過戰時對銅急切需求的劫難，但戰後中華民國政府接管台灣，又開啓另一波鑄造銅像的熱潮。把一個個舊的銅像熔掉，用來做一個更大、更符合政治需要的銅像，也理所當然。

擁有這麼一尊以自己爲原型的銅像，比單純擁有信長公銅像，擁有更強大的力量。

父親不相信信長公銅像被熔掉，自我懂事以來，父親就已經在追尋銅像的下落。他有一種特殊的本領，只要摸一摸銅像，就可以知道這銅像的故事。他說那種能力很抽象，等我長大後如果有這能力就會明白。

「如果我沒有呢？」我抬頭問他。

「沒有的話，我怎說你也不會明白。」他答。

我的童年就是跟隨父親去看銅像，他的記憶力很好，記得所有見過的銅像及其位置。我們的目標是拜訪全國所有銅像，不管多遠、位處多高，都不得不去。我的記憶力不及父親，只好把每個見過的銅像都在筆記簿裡畫下（當時還不流行數位相機）。父親叫我別浪費時間和金錢，那些銅像都沒有藝術價值。

我八歲時已記錄了七十六個銅像，而且終於生出了父親那種超能力，只要我觸碰到銅像，就能跟它對話。我指的它，並不是銅像外形那個偉人，而是銅像本身。從它離開雕塑工作室，被移到安身的位置（或者從一個位置搬到另一個位置），它見過什麼聽過什麼，我都可以聽它娓娓道出。

它們往往不知道自己這尊銅像的來歷，但有時也有例外。一些有特別意義的銅像，會有開幕典禮，並有專人站在台上介紹造像的理由，如捨身救人而溺斃的王金城，又或者有人來參觀時聽導遊講解。它們不管被人拍照和合照，都覺得沾了光與有榮焉，即使心裡高興，但也只能維持一貫的嚴肅表情。

不過，銅像並不知道自己外表到底是什麼樣子，也看不到介紹自己的文字，它們往往沒有同類在附近，因此感到寂寞。獨處的銅像最不缺的就是時間，它們喜歡沉思，思考複雜的哲學問題。它們多與鳥類爲伍，即使從天上來的朋友喜歡站在它們頭頂也不介意，而且和牠們分享哲學，如冷眼旁觀人類生命的短暫和脆弱，卻妄想成爲不朽，爲名利爭得頭崩額裂等。

鳥類不會打岔，成爲上佳的聽眾；即使在它們頭頂上便溺，或者狗隻經過時射尿，這些如哲者的銅像始終不以爲意，甚至認爲道在便溺，想法很接近莊子。

少數銅像位處室內，供人景仰，最爲風光，但由於我無法接近它們，更遑論去觸碰，因此無從洞悉它們的想法，不過，根據經驗，供人膜拜和景仰的銅像會像它模仿的人類般，覺得飄飄然，以爲自己令人敬畏，而忘了大家敬畏的其實是它依據的人，是銅像的外形，是背後的造神運動。如果它知道其他屬於同一個偉人的銅像有怎樣的遭遇和下場，就不會再狂妄自大。

因此，銅像常見的問題，就是會覺得自己和其依據的人物無法分別，陷入身分認同的問題。爲了開解它們，我曾分享《快樂王子》的故事，有部分銅像會感動不已，但有些指出這劇情太超現實，銅像根本無法活動。

我見過一些遭人破壞的銅像。它們不知犯了什麼事、得罪了什麼人，覺得自己命運很悲慘，我告訴它們說人們討厭的是它們這些銅像的造型。銅像爲此深感無奈，認爲自己根本無辜。當我把那幾個偉人做過的事相告，它們頓時變得無言，對群眾做的事表示諒解，而且，以身爲偉人銅像感到可恥，希望自己可以被熔掉，不必再受苦。也有的銅像認爲，它們只是銅像，只是負責記載歷史，即使偉人做了錯事，其銅像也應該保留，並引以爲鑑。這點我深表認同。

有些銅像是由好幾個銅像熔掉後再鑄成。我問它現在到底屬於以前哪一個銅像，它說都是，畢竟已經難以分開，不能用人類的邏輯去理解。我說我能理解，就像我父親是外省人，母親是本省人，我現在就是台灣人。銅像答我，換它不理解人的邏輯，像銅像就根本沒有什麼省籍之分。銅像只有完成和未完成的分別。

雖然本來以尋找信長公爲目的，但我生出了對銅像的熱愛。我尋訪銅像是因爲喜歡聽銅像說故事和歷史。最教我感動的，是遠在烏山頭水庫的八田與一銅像，它告訴我以身爲名人銅像自豪，並表示會代表八田與一永遠守護這座水庫。它是單純的銅像嗎？我覺得它根本是八田與一轉世！

到我唸大學時，已累積參觀了八百多個銅像，雖然聽起來很驚人，但銅像的數量很多，估計全國有四萬五千多座大大小小不同的銅像。我早就放棄去找信長公，認定它早就成爲子彈成爲歷史，但父親堅持信長公不會被熔掉，即使被熔掉，也可能成爲其他銅像的一部分，所以繼續他的尋找信長公之旅。他已經花了超過三十年，即使仍然沒有眉目，卻讓他的人生有了積極意義。

而我對銅像的認識愈來愈豐富，發現不少銅像和基座並不是在同一時代的產物，往往基座是日據時代所建造，銅像卻是新的。原本是日語鐵牌，到後來才換上中文的說明牌。這種很有象徵意味的處理手法，很容易被忽略，卻是我向朋友解釋我爲什麼喜歡銅像時不可不提及的部分。研究銅像不只成爲我的習慣，也成爲興趣。我看著看著，已成爲專家。

我和同學去日本旅行時，往往會順道去看銅像。東京上野公園：西鄉隆盛，薩摩藩士；野口英世。細菌學者。長崎平和公園：右手指天的「平和祈念像」。神戶：貓王。熱海：根據尾崎紅葉長篇小說《金色夜叉》裡男主角拒絕女主角挽留的場景。葛飾區：「烏龍派出所」裡的人物。伊豆河津七瀧：川端康成名作《伊豆的舞孃》的男女主角。還有分布各地的俳聖松尾芭蕉。京都大學不斷被學生拿來開玩笑的「折田先生」（前身第三高等學校的初代校長折田彥市），而且被移走後仍然繼續層出不窮的惡搞。

我沒有錯過日本銅像裡知名度、人氣度和受歡迎程度最高的忠犬八公銅像。一如我所料，它知道八公的故事，而且每天都會聽到好幾十遍，母親告訴孩子、日本人告訴外地朋友、導遊告訴團友，每天不知給拍下多少張照片，但始終沒有厭倦，也一如八公般期待主人，希望有一天會有主人的銅像落成。我沒有告訴它這願望已經落空，因為東京大學農學部在校園內已經豎立了忠犬八公歡喜迎接主人上野博士的銅像。

我去過充滿爭議的靖國神社，裡面有戰馬、戰犬和戰艦的銅像。沒想到裡面的銅像分成好幾派，有重振武士道精神的主戰派、主張走和平主義的溫和派，及什麼也不說的中立派，讓我彷彿回到二十世紀初日本國內多種想法並立的情況。而日本人應否參拜靖國神社，銅像的想法同樣各異，十分精闢，可惜銅像的想法無法為大眾得悉，否則大家對歷史問題會有不一樣的看法。

由於仍然只是窮學生，盤川不多，我的拜訪銅像之旅目前只限於台灣和日本，我很期待去香港看星光大道的李小龍像、丹麥首都哥本哈根的美人魚銅像和比利時首都布魯塞爾的尿尿小童像。國外置於公共空間的銅像角色多元化，反映社會對銅像的思考和設計，跟從純政治出發的大相逕庭。

我見識愈多，愈覺得父親尋找信長公的方法根本不對。他認為信長公留在台灣，是他一廂情願的想法，所以三十多年來一直沒有結果。如果信長公被搬回日本，在幾十年前沒有網路的時代，根本沒有記錄。父親被身處的時代限制了他的信念，也限制了他的搜尋方法。我相信這是發揮群策群力的時代，便直接在網路上搜索，毫無困難發現在清州公園、清州城、安土駅前、劍神社、吉祥寺、岐阜駅前等地有形態各異的織田信長銅像，但即使不用親自去日本一趟也可知道它們不是我要找的信長公銅像。它們一是太大，不可能放在總督官邸裡；一是太久，早在總督官邸落成前已存在。

雖然它們都不是我要找的銅像，但我為信長離世四百多年仍然不斷有新銅像矗立，深感日本人對歷史的熱愛。

後來我找到一份日治時期的政府檔案，發現雕塑信長公銅像的日本雕塑家須田晃山有一樣父親從來沒弄清楚的事情，導致他一直無法找出信長公的下落。

須田晃山本名是須田速人，「晃山」是後來才有的名字。須田晃山留下來的資料很少，須田速人的稍微多一點，但全部是日文資料。他一八八〇年生於日本宮城縣桃生郡，一九六六年病故，著名作品是日本國會議事堂大廣間的《眾．參兩議院實景》壁畫，在台留下的兩尊雕像是交通部中央氣象局（原台北測候所）的近藤久次郎（台北測候所所長，一九二六年）和古亭了覺寺（今十普寺）的佐久間左馬太（第五任台灣總督，一九二七）。如果一直用須田晃山去翻查記錄的話，自然找不到須田速人的相關資料。

我很快在搜尋引擎上輸入須田速人作關鍵詞，由網站資料庫找到圖書館，再去找舊報紙的微縮膠片和官方檔案，經過一個多星期恍如《達文西密碼》的解謎和追蹤，終於找到信長公銅像的下落。雖然未經證實，但我可以百分之一百肯定就是信長公。

我帶著腳步蹣跚的父親去到國立台灣大學其中一個日治時留下的老舊場館。我剛好認識負責人，向他借了鑰匙。我們下了地下室，早在我亮燈前，父親已經利用他對銅像的直覺在黑暗中前進。

這地下室裡幾乎塡滿日治時期留下的物品，連牆上也貼了一張「日本航空輸送」（一九二九年成立，後來成爲「大日本航空」）——由福岡飛往台灣的民航機海報。我彷彿嗅到屬於那個時代才有的氣味，覺得耳邊響起日治時期的流行曲。

父親很快找到一尊同等身高的武士銅像，伸手觸摸後失望搖頭，不等我開口，就已經走向下一個銅像，伸手一摸就放下手來，再尋找下一個目標。他不會找到，因爲他的想法已經讓他對正確目標視而不見。

我根據檔案上看到的圖片，很快找到我要找的紙皮箱，小心翼翼打開這個密封多時的小箱，把信長公拿出來。

當父親看到我手上的銅像時，久久說不出話來。

「這只不過是狗的雕像！」父親一臉難以置信。

「明石元二郎喜歡狗，甚至帶他的愛犬一起來台，可惜這頭狗在台水土不服，不到一個月就死去。」

「我問的是爲什麼信長公銅像變成狗！」

「這頭狗就叫信長公！」

「不，不，不可能。」這想法太超出父親一直以來的想法，他以近乎發狂的聲線：「怎可能爲狗造一座雕像？」

「爲什麼不可能？難道只有人類配得上雕像嗎？忠犬八公在主人死後仍在車站等候主

人，表現出對朋友不離不棄的忠義精神，比好些人更貫徹始終。信長公是一頭樺太犬，一生伴隨明石元二郎，除了旅順，還曾前往波蘭和日內瓦，來到台灣後壽終，葬在台灣。明石元二郎指明死後要葬在台灣，就是希望和信長公爲伴。對明石元二郎來說，一直陪伴在側的信長公值得鑄像。」

父親覺得我的話有點難以置信，可是等他親自觸碰到信長公銅像，就很清楚我並沒有欺騙他，也瞭解這銅像並不能爲他帶來榮華富貴或者權力。

爲什麼當初會把信長公說成人類銅像，已無從稽考，也許是以訛傳訛，也許是故意的，好教人浪費一輩子時間去找一個最後會大失所望的銅像，就像父親般。他對銅像沒有興趣，幾十年來尋找銅像只是想拿到好處，如今變得失落無比。而我，早就對銅像深感興趣，即使找到貨不對辦的信長公，不但不感失望，反而覺得有趣得很，希望可以去世界各地拜訪不同銅像，聆聽它們的故事。

信長公對明石元二郎的印象不深，它只能告訴我它多年來在地下室——準確來說，是紙皮箱……裡的生活。等我告訴它織田信長眞正的歷史後，它並不如我想像中爲那個戰國時代的歷史感到神往，反而覺得東征西討太危險，還是留在紙皮箱裡最安全。

〈消失的信長公銅像〉完

俠影武林

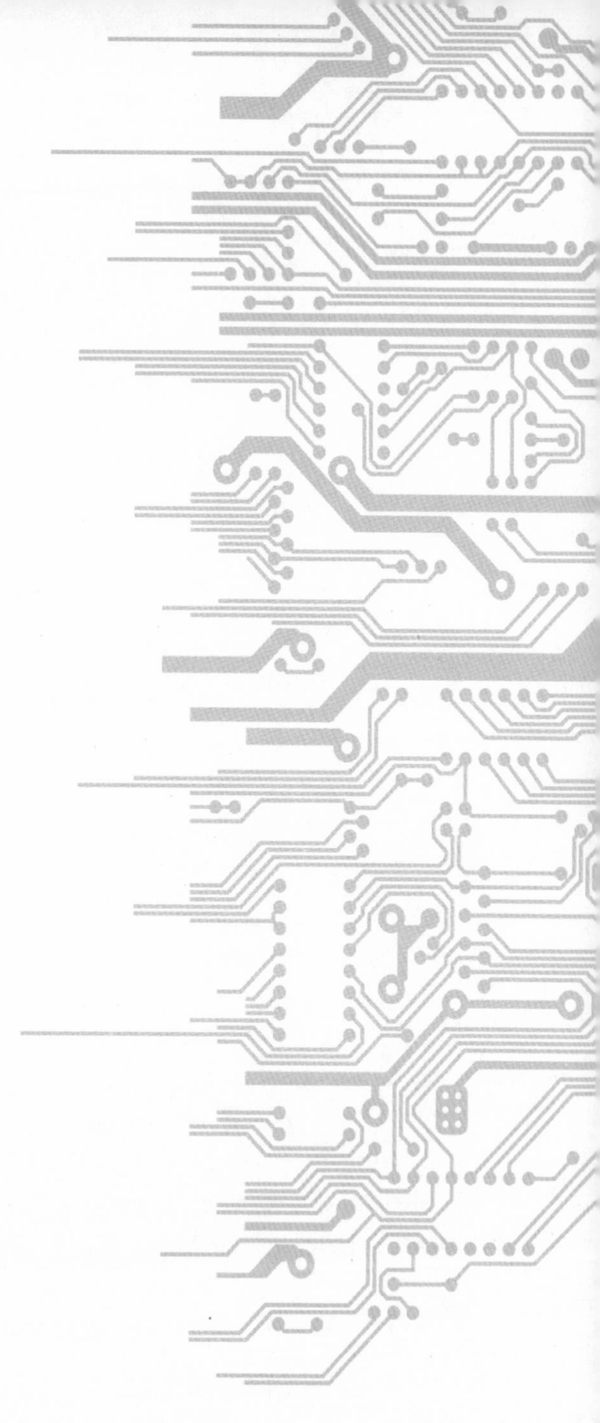

戲內

兩道熾紅的閃光在他眼前掠過，如從黑暗撲出的利爪，在牆上狠狠地刮出兩道裂痕。無數利爪仍然潛伏在黑暗背後，伺機而出，準備刺穿他的心臟，把他撕成碎片。

躺臥在他懷裡的女子，像折翼蝴蝶般奄奄一息，正在燃燒所剩無幾的生命殘燭，氣若游絲地道：「五師兄，你自己走吧！不必理我。」

邢天生輕撫她的秀髮。他的眼神勇猛果敢，射出不屈不撓的光芒，令人望而生畏，可是他卻以眼底下的柔情注視她，「我們曾指天爲誓要成爲結髮夫妻，同甘共苦，我怎能棄妳於不顧？」

她臉色蒼白，淚如泉湧，「你要盡快把師父的密函交到二師叔手上。」

他搖頭。他不是沒爲本門幫派的存亡煞費思量，可是自古情義兩難全。當年他有幸擠入天山派的門牆，與師父投緣，獲他老人家特別破格傳授旋風八式，可惜也因此受盡師兄們白眼。多年來雖在師父的羽翼下備受庇護，但仍受盡不少苦頭。尤其三師兄覬覦師妹已久，多番調戲輕薄，上個月更趁她靜修時……

他深邃地注視她，希望能讓她洞悉他的內心、他的忠誠、他的坦率。可是她的眼神不但已失去她向來迷人的神采和光華，連一對焦點也不知所終。她很快就會離開他，到時他亦生無可戀，即使他成爲武林霸主也會若有所失。

「這封密函，我無論如何也不會交到二師叔手上。既然妳走不動，我就與妳一道尋死。希望來世再做夫妻。」

他緊握師妹一對柔若無骨的纖纖玉手，尋思道：「可惜我學藝不精，要是練畢八式旋風掌，又豈會不及牛頭西門烈？我不會投降，生爲天山派，死爲天山鬼，絕不對師門不忠不義。」

一個身影倏然竄至跟前，正是牛頭西門烈。這傢伙只需運功便能射出掌心雷。西門烈固然未及他師父閻王來得厲害，但武功仍遠遠在他邢天生之上。剛才師妹只是在背後挨了半掌已應聲倒地。

邢天生放下師妹後大聲咆哮，用盡渾身勁道施展旋風八式之一的狂風掌。西門烈不敢怠慢，雙手在胸前抵擋，當下連帶地上沙塵被逼後數碼之遠。

一時沙塵滔天，久久沒落下。邢天生不知自己哪來的一股強大內力，只希望這一掌能重創牛頭西門烈。

待沙塵平息，只見地上添了兩條筆直的沙痕。內功深厚的西門烈不但無法爲狂風掌所傷，反而更紮穩馬步，如磐石般屹立不倒。

西門烈拂去身上的沙塵，「你這小子的內功原來不弱，難怪你老頭疼惜你。可惜，即使躋身我師父門牆，恐怕只有打掃的份兒。」

「廢話少說，今天我要你死於旋風掌之下。」邢天生目露凶光，冷冷地道。

「就憑你——」

西門烈語音未落，邢天生的落葉腿已朝他下盤掃來，出勢奇快，幾乎教他措手不及。西門烈腳尖一點，在半空裡翻了個轉，趁勢再亮了手漂亮的掌心雷，「三十年後仍嫌太早。」

邢天生側身閃避，毫不屈服：「不見得是吧！」

「投降吧！少來反抗。我會好好待你們。」

毒指門掌門人閻王傳來用內功發出的聲音。他大概在一里之外，憑氣的強弱感應到他的徒弟正穩佔上風。

——投降或反抗？

邢天生回頭看身負重創的師妹，她微微含淚搖頭。她死也不會投降。毒指門那邊的人對她的美色覬覦已久，即使救得了她，但把她交到他們手上，等於送羊入虎口。她寧死不屈，他也置生死於度外，只要能和師妹一道尋死，他已心滿意足，不枉此生。

他決定不投降。

他向她點頭，她滿意地笑了。

一股異樣的熱力從他體內浮起來，教他熱血賁張。

西門烈輕彈毒指，一道紅光迎面而來，教他招架不住，不料眼前一個身影晃動，是師妹。孱弱不堪的她居然用盡最後全力奮身相救。

她慘叫一聲。

一聲令他心膽俱裂的慘叫。

他不敢相信他的眼睛，不敢相信他看到剛才這怵目驚心的場面。那道刺眼的紅光、那聲教天地動搖的死亡召喚、那一連串無力的動作，如慢動作般在他腦裡重播。他知道她會變成怎樣。

她咯了好大一灘血後，終於栽下。

「可憐的小師妹就這樣死了。我眞爲你感到悲傷。」西門烈貓哭老鼠，「不過，你現在大可投降了，你的師妹已經去了閻羅王那邊，不會知道你以後會做什麼。」

邢天生不爲所動，他根本沒聽入耳。師妹死了，他的人生也失去意義。師妹雙眼閉上，他的世界也從此步入黑暗，再也看不到前路。

可是激戰仍在進行中，並不因師妹的死而停頓或中場休息。邢天生架起掌式，準備奮力向西門烈發出最後的致命一擊，就算和對方同歸於盡也在所不惜。

然而，西門烈比他出手更快，他稍不留神，胸口已一涼。那一招和奪去師妹性命的同出一轍，如今他可感同身受。

他倒地不起。是牛頭西門烈的掌心雷無疑。他沉重的眼瞼一如師妹般合上，再也睜不開。他的身體一如師妹般倒下，再也站不起。他要和她一道尋死，盼望能和她在來生再續前緣。

師妹的身體變冷時，他的最後一口氣息也離開他。

戲中戲

你是自由的，獄中的自由。

——尚保羅・沙特（Jean Paul Sartre; 1905-1980）

邢天生去到一個全然陌生的昏暗空間，氣氛妖異之至。

他不是明明死去了嗎？

「難道這裡就是陰曹地府？」他暗忖。這裡大概就是黃泉路上，師妹應該在附近，且讓他找找看，好讓兩人共同上路，下輩子在鄰近鄉鎮投胎轉世，不至於被分隔大江南北。

他朝前方的光源走，也許有好幾個時辰，或者僅半炷香時間。他失去時間的感覺，這不打緊，要命的是他始終不見師妹的芳蹤，最終只見到一個打扮怪異至極的人。以邢天生行走江湖之久，也從未見人如此模樣。

那傢伙不像坊間傳說的牛頭馬面，沒有異乎常人的尖角或長鼻，仍是一副人的模樣，但頭髮奇短，幾乎貼著頭皮；身穿深黑色的緊身衣，身高和他相若；年齡嘛？大概也和他不相上下，卻是一副乳臭未乾的模樣；沒有鬍鬚，無法猜測他是在江湖打滾，或者是來自朝廷的太監，或者兩者皆非。

「來者何人？」他大著膽子質問對方。

「你可以放心，我是這個程式的開發者。」那傢伙臉上架了副細細的鐵架，從鼻梁一直延伸到耳後，而且內置鏡片，邢天生看不出這種兵器有什麼用，甚至乎是不是兵器。

「你到底在說什麼？」

邢天生即時運功，以防對方突擊，豈料發現自身內力盡失。也許在陽間的武功無法被帶到陰間。他架開手勢，雖然只是擺空勢，但嚇嚇對方也好。

「No，No，No，你搞錯了。」

對方說了些他聽不明白的話，也許是西域人士，甚至是化外之民。

「你聽我慢慢說。我是這程式的開發者，現在你身處的世界，只是一個電子遊戲，你要幫我們做測試，明白嗎？」

邢天生自問甚有慧根，不但師父，連其他江湖長老也曾當面讚過他，說他是十年難得一見的天縱奇才，他也知道自己的斤兩。可是，來到這個鬼地方後，他像變成另一個人，不只內力盡失，連話也聽不明白。除了對方的最後一句，其他的他都丈二金剛摸不清頭腦。

他連連搖頭。

「我該怎樣解釋才好？我是個系統分析師，系統規劃是我的強項，可是……我沒做過什麼『對白』設計，要我說話像你般的文謅謅，眞是他媽的！眞的……唉！開門見山好了，你……你是……你是本公司年度力作遊戲《俠影武林》測試版裡的角色。偏偏我就是一時糊塗，弄了一個bug出來讓你不偏不倚地踏了進去。你不能就此死掉！無論如何，你不能就這樣死去，你明白嗎？」

邢天生仍是搖頭。

「要怎樣才能教你這個用幾十卷破書裡的史料捏造出來的人物明白我的話？媽的眞是難過登天！什麼武林高手，不過是我在遊戲裡預設的角色，也就是一個呆子而已！可是你就這樣死了，對我來說，就眞是惡夢了。明天要開放測試，你不能就此死掉啊！」

黑衣人哭喪著臉，說的盡是邢天生聽不明白的話。

「或者我要用你能理解的話來解釋整件事的來龍去脈：你本來身處的江湖，並不是眞實存在的，而只是一個夢境……這樣你明白嗎？」

邢天生沉思了好一陣，才喃喃自語。

「只是一場夢!?」

「對，是一場奇特的夢，而且你可以隨時返回夢境，追求你想要之事。」

「我可以回去？」

「當然，你可以隨時回去。你有什麼未了之願？」

「我要和師妹遠走高飛，雙宿雙棲，將武林之事拋諸腦後，棄之不顧。」

「你的小師妹只是另一個預設的刻板角色，集孱弱、忠誠、保守、堅貞等傳統美德於一身，就像不少武俠小說裡的典型小師妹。你要她復活嗎？不難實現啊！」

「只要能和師妹再會，生生世世和她爲伴，我已心滿意足。」

邢天生老老實實地道。不料黑衣人自語自言，讓他嗅到一陣無奈的口氣。

「想來還是當古人好：沒有專業試、沒有失業問題、沒有環境污染、沒有資訊爆炸、沒有古靈精怪的傳染病、沒有拉長臉的老闆、沒有不支人工的超時工作、沒有辦公室裡複雜的人事關係和鬥爭，也沒有要供幾十年的房子……唉！你要的就只是這些嗎？你的人生滿平淡的。」

邢天生其實不明白對方說什麼，也不求甚解。

「享命如此，夫復何求，我已死而無憾。可是即使我就此返回夢境，師妹已離開人世。」

「這你可不必擔心。剛才的程式錯漏可以修補。我會把你送回時空交叉點的前夕……No，No，No，應該說，我送你回去時，你的師妹仍然一息尚存，剩下最後幾口氣，西門烈正向你們步步進逼。」

「那豈不是和剛才一樣？」

「對，開始時是一樣，可是接下來的劇情發展就不同了。你可以在每個階段都進行抉擇，但正所謂『一子錯，滿盤皆落索』，行差踏錯就會後悔莫及。以剛才的情況爲例，你選擇了和牛頭西門烈對抗，結果你敗下陣來，被他的掌心雷擊斃。」

「對，我還有其他抉擇嗎？」

「有，就是相反的抉擇。」

「你指投靠毒指門？」

「這當然，這顯然也是唯一抉擇。」

「可是我生爲天山派的人，死也要是天山派的鬼。」

「都說你是古人，看過的電視和電影比較少，沒有汲取什麼行走江湖的經驗和教訓。可是，『留得青山在，哪怕沒柴燒』這麼顯淺的道理你大概明白吧！要是你連命也保不住，以後就沒戲唱了。」

「不，我要和他一較高下，也許我還有勝算。」

「白痴，你逞什麼強，就算給你打倒西門烈，閻王正從幾里外趕來，你揹著負傷的師妹，又能逃得去哪裡？」

邢天生沉思了一陣，才很不情願地點頭。

「那我就一定要投降，從此做閻王的鷹犬了嗎？」

「不，你不必一輩子做閻王的鷹犬。你可以陽奉陰違，暫時詐降，做天山派潛伏在毒指門裡的臥底，正是『身在曹營心在漢』，你明白什麼意思嗎？都說你讀書少……簡言之，你要先取得閻王信任，假以時日再反咬他一口，和天山派的人裡應外合，重投天山派的懷抱，到時立下大功，必定成爲武林中人交口稱讚的英雄豪傑。」

「可是閻王老奸巨猾，我怎樣掩飾行徑，也逃不出他的法眼。」

「也許他練功練得走火入魔，作法自斃；也許西門烈和其他師兄弟鬩牆內鬨，到時你就可以伺機而起，坐收漁人之利；也許他會和第三勢力作對，打到自顧不暇，你就另起爐灶，再戰江湖……你看你看，攤在你面前的是無數可能，無數機會，只要你可把握，就有機會成爲武林盟主。」

「眞的嗎？」

「當然是眞的，我騙你幹嘛？這正是本遊戲《俠影武林》的設計原意啊！而且你是主角，不能就此死掉。」

「你說我是什麼主角，是什麼一回事？」

「你是主角。這整個遊戲世界都是爲你而建立，你的角色設定佔了整個系統規劃五分之二的資源。其他人物角色都是爲你而生。你可以說是整個遊戲的主宰。」

「你說這個江湖是爲我而起，我是主宰？」

「對，按照設定，要是你沒有走錯路線，應該可以成爲武林盟主。」

「我……我做武林盟主？我想都沒想過。」邢天生囁嚅地道。

「這是我們的主觀願望。不過，大前提是，你現在不能死掉，死掉就沒戲唱了，所以，你首要之事，就是先活過來，然後再自行抉擇你要走的路，不然我就飯碗不保，不，在這急景殘年丟了工作，簡直性命不保……你明白沒有？」

「明白，我不能和西門烈對戰，一定要先投降。」

黑衣人看來鬆了口氣。

「要是以後我仍選擇失當又怎樣？」

「瞧你這模樣，原來也不笨。我本來想稍後再告訴你，不料你倒反過來問我……我們爲了保障像你這樣呆頭呆腦的主角，以免你們一時失手就Game Over，所以內置『〈儲存／讀取〉』（save / load）的設計，讓你們可以從選擇點重新開始，爲自己的未來好好打點，認眞追求自己的人生目標。這是我的得意設計，也是本遊戲提名年度最佳創意獎的賣點。這種tricky的招數本來就是給那些不服輸的遊戲玩家拿來作無限回歸，起死回生的。現在我就讓你——本遊戲的男主角——享有主宰自身命運的自主權，讓你可以操控自己的命運。以後你每逢遇到選擇點，也就是時空交叉點，都可以將進度儲存到記憶體裡。假如剛才你在決戰或投降前儲存下來，就算你不幸戰敗，只要抽取剛才儲存下來的記憶，就能回到剛才那個時空交叉點，選擇投降，繼續下一步的劇情發展。明白嗎？」

邢天生雖然從來沒有體驗過這種運作，但自信應付得來，微微點頭。

「你會明白的。我設計你時就預設你深具潛力，能隨機應變，足以面對無數險阻。」

邢天生雙腳跪下。

「謝謝，謝謝，請接受小弟一拜。」

「不必來什麼大禮，我不是什麼江湖中人。」

邢天生沒把他的話聽入耳，把頭在地上重重敲了幾下後才抬起來。

「小弟就此告退。」

「且慢，請……請留步。」

「什麼事？」

「怎樣稱呼？小弟怎向你致謝？」

「不必多謝，只要你可以平安回去，我就可以放心回家睡大覺了。」

「請……請留下大名。」

「不用了。我們不會再見！」

邢天生連連打恭作揖，感謝這個再生父母般的黑衣人，感謝他的大恩大德。

「我怎樣回去？」

「容易得很。」

黑衣人一揚手，從袖內射出一道比掌心雷更凌厲百倍的寒光，把邢天生擊倒。

邢天生不知道這道寒光正是一個update patch[1]，讓他更瞭解「〈儲存/讀取〉」的運作。他當下感到天旋地轉。他昔日行走的江湖正逐漸被解構，變得支離破碎，被擊成瓦片。

戲外

歷史的教訓是，人們從來沒有從歷史汲取教訓。

——黑格爾（G.W.F. Hegel; 1770-1831）

他剛回到艷陽下被悶熱的空氣包圍，就有兩道熾紅的閃光在他眼前掠過，如從黑暗撲出的利爪，在牆上狠狠地刮出兩道裂痕。無數利爪仍然潛伏在黑暗背後，伺機而出，準備刺穿他的心臟，把他撕成碎片。

他真的回來了！黑衣人的外貌和說話都怪里怪氣，卻沒有欺騙他。

躺臥在他懷裡的小師妹像折翼蝴蝶般奄奄一息，正在燃燒所剩無幾的生命殘燭，氣若游絲地道：「五師兄，你自己走吧！不必理我。」

「投降吧！少來反抗。我會好好待你們。」

毒指門掌門人閻王傳來用內功發出的聲音。他大概在一里之外，憑氣的強弱而感應到他的徒弟正穩佔上風。

1 update patch：即更新修補程式，在台灣稱爲「補丁」。

「閻王，你聽到嗎？我接受招降。」邢天生大聲疾呼。一陣熱力從他體內浮起，貫通他全身。

「太好了。烈兒，收手吧！」閻王從幾里外傳話，「我這樣是爲了你好。」

邢天生走到師妹身邊，她雖身受重創，卻以狠狠的眼神回敬他。他知道她心裡想什麼，她雖然受重傷，但教她更痛的，是她心愛的人背棄自我。她想給他一個巴掌，但實在沒有力氣。

他輕撫她的秀髮，親了她的臉蛋她的額頭。我這樣做全爲了妳。

不一陣，閻王和他的一眾人馬像騰雲踏霧般從天而降，浩浩蕩蕩來到他們跟前。

「棄暗投明，你不會後悔，日後你會有享不盡的榮華富貴。」閻王道。

邢天生點頭，柳暗花明又一村，不知道閻王會怎樣對他，但眼前的危機已暫時解除了。

閻王果然沒有食言，當下就叫兩個高手運功爲邢天生和師妹兩人療傷，輸眞氣進他們體內。師妹那副奄奄一息的臉孔很快從蒼白如死回復紅潤和光澤，但武功已盡失。邢天生毫不介意，只要她能活下去就夠了。

閻王在其他人夾雜冷漠和鄙視的目光下，跟邢天生上了簡單而隆重的師徒之禮。從此，邢天生正式和天山派分道揚鑣，成爲毒指門的人。

閻王向邢天生索取他師父要交給二師叔的密函，閱畢即吩咐隨從之一的妙手書生，模仿裡面的筆跡和語氣，僞造一封連邢天生也無法辨別眞僞的密函，還向他耳提面命。而師妹就由閻王的隨從帶回毒指山莊，表面上是照顧，其實是被押回去當人質。閻王再三保證，他回來後，她身上毛髮絲毫無損。

閻王沒給邢天生換上衣服，著他一身破爛上路。

——我活下來了，師妹也活下來了。

邢天生沒忘記黑衣人給他指點迷津的金石良言。

指令〉儲存

〈——儲存成功——〉

邢天生連夜趕路，不消兩日已趕到三師叔所在的小鎮，疲憊不已，路上他一直忐忑不安，反覆考慮應否交出僞函。他不知道函件的內容，相信不外挑撥離間詆譭陷害。他也無法估計交出僞函的後果，也許三師叔會毫不懷疑全盤相信，或者無一相信。

他只確定，再出賣天山派一次，他就會成爲叛徒，師妹也永遠不會原諒他，即使登上武林盟主的寶座也無補於事。

他考量了一夜後，決定向三師叔交出僞函，和盤託出一切的來去始末。三師叔臉色沉重，時而嘆氣，時而落淚，時而激動，但並無斥責他，反而欣賞他忍辱負重的遠大目光，遂帶備人馬前去營救被圍困的師父。全身乏力的邢天生不理三師叔要他休息的好意，決定同行去盡一己之力。

他們趕至時，閻王率領的毒指門人馬也趕至，剛好和他們遇個正著。經過一夜兵刃交戰，拂曉時分，勝負已決。天山派的人幾乎被殺光，不但三師叔和師父身中多刀慘死，連其他師兄弟也遇害，屍橫遍野，血流成河。這一役天山派被滅門。身受重傷的他在血跡斑斑的屍間踽踽獨行，悔不當初。毒指門也付出了沉重代價，八大高手死了一半，只能說是慘勝。

就在邢天生被圍攏過來的閻王門生處決時，倏然想起黑衣人的話——

指令〉讀取

〈讀取成功！〉

邢天生又回到去找三師叔前的時空交叉點。

想不到他仍然拖著一身疲憊。那種全身乏力的感覺並沒有因爲時空轉換而消失。

他從另一個時空另一個抉擇裡來，並已承受了那個結局，使他深明接下來會發生什麼事，並將導致怎樣的結局。一個他不想發生，所以要極力阻止的結局。

他連夜趕路去到三師叔處。他知道三師叔會毫不懷疑全盤相信他的話，再帶天山派人馬去和毒指門戰鬥然後一敗塗地，他自己也活不了。而身陷險境的師妹會情況更危險，閻王不一定會殺她，卻會慢慢折磨她。

他也許保得住天山派，卻保不住心愛的師妹。失去她，即使成爲武林盟主也毫無意義。誰會再和他分享喜悅？

況且，天山派昔日呼風喚雨的歲月已經一去不返，現在是強弩之末，相反，由閻王統領的毒指門正在崛起。即使天山派能避過這一劫，也難保能過得了下一劫。

他把眼光放遠，開始看到愈來愈遠的世界，愈來愈多的可能。

他終於開竅，明白行走江湖的遊戲規則。

爲了營救他心愛的師妹和圓武林盟主之夢，他決定出賣天山派。

他來到三師叔的府第前佯作昏倒。過了不久就傳來開門聲，再來就是人聲，也清楚聽到他們講什麼，有些是他熟悉的人，但大部分是他不認識的；有人呼喚他，嘗試搖醒他，可是他仍然堅持裝作昏迷不醒。他被搜出密函後，被抬進室內。

後來，他也實在太累了，在不知不覺間入睡。他在夢中和師妹相會，意氣風發地登上武林盟主的寶座。西門烈向他明志，閻王也向他俯首稱臣，他的師父和其他天山派的人都向他下跪。連那個怪里怪氣的黑衣人也向他鞠躬行禮。

他睜開眼皮時已在三天三夜之後，但仍嫌那夢境太短。在床邊的是三師叔亭亭玉立的女兒，上次見她時只是個剛學會講話喜歡光著腳跑的娃兒。她關切地問候他，也告訴他說密函提及的圍攻之事並不眞確，二師叔已背地裡和閻王勾結，著他們千萬別誤信二師叔的讒言離開山莊，以防他們行調虎離山之計。

邢天生沒讀過密函，不知道閻王打的是什麼算盤，想來閻王是故意用這密函和其他假消息打亂三師叔的部署。那些計謀他永遠也學不懂。

三師叔的府第是江南常見的庭園建築，小橋流水之外，也有奇岩怪石、迴廊曲徑、冰紋窗框。每個布局都蘊含深意。這美景花了不知多少工匠的心血，要是被毀，實屬可惜！

半個月後，閻王親率八大高手和其他部眾上門，把天山派三大長老的頭顱拋到地上。邢天生知道天山派大勢已去，遂表明自己早已轉投毒指門門下，並勸三師叔等人向閻王投降。縱使三師叔怒不可遏要殺他以洩心頭之恨，但邢天生這幾天來在他們飯菜裡下的藥終於生效，其他人都無法再運勁。閻王不費吹灰之力就攻陷天山派最後一個陣地，此役意義重大，因爲毒指門滅了天山派後已再無敵手，成功統一武林。

事後論功行賞，邢天生爲毒指門立下大功，深得閻王賞識。閻王也傳他一招「毒門掌」。閻王的武功不輕易傳人，只傳給立大功的門徒。邢天生是第九個獲此殊榮的人。他深深感謝黑衣人賜他起死回生術。

指令〉儲存

〈——儲存成功——〉

毒指門的總舵坐落在半禿的野魔山。路上固然不乏蟾蜍、蠍子、蜈蚣等毒物，就是花果雖然說不出名堂，但極其鮮艷，顯然含有劇毒。傳說踏足野魔山的外人都沒有好下場，他慶幸自己不再是。

毒指門爲慶祝一統天下，廣發英雄帖。各大門派都派人來了，江湖上很多英雄好漢都已成亡魂。邢天生不曉得來的到底是什麼人，他也不關心。他著意的，只剩下師妹。

師妹起初仍無法接受他背叛師門所做的一切，不只對他不瞅不睬，甚至不願意進食，幸好誠如黑衣人所言，她只是個對他千依百順的刻板角色，很快就被他的花言巧語說服。他苦口婆心告訴她，自己只是委曲求全才攀附閻王，留待時機成熟就會爲武林剷去這個大魔頭。這一等不但要不少時間，也要身負欺師滅門的罪名，他也不好過，但爲了大局著想，不得不兵行險著。

他不怕別人誤會，但深怕她誤解。他對別人都是假情假意，唯獨對她一人眞心。他說得聲淚俱下，教她無法不相信他的話。她痛恨自己怪錯好人，寧可相信她的男人是個頂天立地、忍辱負重的好漢，而不是個貪生怕死、見利忘義的小人。她讓他緊緊摟著。除了他，她已沒有親人，也沒有別處可投靠。他們不知怎地就四唇相印，也不知怎地很快就雙雙倒在床上。

這夜，邢天生沒有離開師妹的閨房。

指令〉儲存

〈——儲存成功——〉

擺平了師妹後，邢天生開始專注於鋪排他的武林盟主之路。毒指門在江湖上已定於一尊。唯一比毒指門勢力更大的就是朝廷，但他們沒興趣染指江湖事，毒指門也不會和朝廷對抗。後來邢天生發現他們不是河水不犯井水，而是互相勾結。皇帝的特使時時上野魔山。邢天生聽說朝廷不方便出面的事，如伐害忠臣、夜襲起義的農民，甚至宮中的謀權篡位，毒指門都出過不少力。他終於見識到政治的污糟邋遢，也明白即使成爲武林盟主，也不得不跟隨遊戲規則。

江湖上的門派之爭雖然息止，但幫會內的派系鬥爭卻日益劇烈，邢天生發現毒指門內原來分成兩大派系互相敵對。牛頭西門烈是一派之長，馬臉歐陽剛又是另一派之首。閻王雖乃一幫之主，可是幫會太大，他管不了太多雜務，幫派內的鬥爭，他只能睜著眼看。汰弱留強是江湖定律，弱者沒有生存的資格。他只想閉關練功，令武功更上一層樓。

邢天生雖說是閻王的弟子，但資歷太淺，無依無靠，不屬任何幫派，正好冷眼旁觀。一天牛頭西門烈親自上門，讚他武功超卓，當初和他交惡只是奉命行事，希望他別介意並加入其派系，邢天生費了番唇舌婉拒，也對第二天上門的馬臉歐陽剛說不。他的如意算盤是上策坐收漁人之利，中策左右逢源，下策不開罪任何人，希望可以打響。

三天後，牛頭和馬臉兩派談判破裂，終於決戰。原來閻王早就默示這場決鬥正好決定誰是下任掌門人。這種清理門戶的手段，邢天生覺得只有毒指門這種邪門的組織才會採用。邢天生後悔堅持中立，令他身陷險境，在混戰中先後被牛頭西門烈和馬臉歐陽剛兩邊人馬襲擊，終於身受重傷，眼看不知是哪一幫的人馬發現他的藏身處，準備舉刀把他了結時——

指令〉讀取

〈讀取成功！〉

邢天生全身一陣發熱。

時間箭頭回到牛頭西門烈上門前不久，邢天生撥開雲霧，認清局勢。

西門烈邀他加盟時，邢天生一如上次般婉拒。直到馬臉歐陽剛上門時才應允。邢天生認爲西門烈和他向有過節，日後必會翻臉無情。

三天後，牛頭馬臉率領的兩派一如在另一個時空般決裂，但邢天生不再孤軍作戰，而是站在歐陽剛這邊加入戰團。劇鬥不過一夜已勝負立見。牛頭派慘敗，西門烈落荒而逃，行蹤敗露後被處決：三刀六眼，草蓆裹屍。馬臉派成爲毒指門內獨大的派系。

邢天生再次利用「〈儲存／讀取〉」功能逃過一劫，更因爲婉拒西門烈，當機立斷投奔歐陽剛，成爲他的親信。邢天生相信他日歐陽剛接掌毒指門時，他的好日子就會來了，他離毒指門核心也愈來愈近了。

當然，他不會忘記那動作。

指令〉儲存

〈儲存成功〉

馬臉歐陽剛在幫內的勢力日漸坐大，但仍小心得很，不敢犯下功高震主的大忌。這時他已在一人之下，萬人之上，幫內上下都要仰他鼻息。閻王待一切平息後，宣布閉關練功，幫內一切大小事務，暫由歐陽剛打理。

此時歐陽剛可謂要風得風，要雨得雨，無人敢拂逆他。

一天，歐陽剛和邢天生泡茶風花雪月時表示，要小師妹做他的妾侍。

「不行！」邢天生馬上拒絕。

她是他的最愛，他要她見證他的成功。他不能為了成為武林盟主而犧牲小師妹。邢天生毫不妥協。

那晚邢天生去找小師妹時，沒提到歐陽剛要她做妾侍的事。她知道天山派已滅，不得不在毒指門渡過餘生。雖然她武功盡失，落得和一般尋常女子沒有兩樣的下場，也明知歐陽剛安排給她的丫鬟其實是在監視她，但仍保持不卑不亢的態度。她希望即使失去自由，也可以活得有尊嚴。邢天生也這樣想，希望她能在亂世好好活下去。

歐陽剛沒有勉強他，但也沒有重用他，開始疏遠他，讓他投閒置散，然後漸漸排斥他。到了最後，不但幫內的兄弟冷待他，連奴婢都懂得看風駛舵，不太聽他的話。叫他難受極了。他想到要是將來歐陽剛接掌毒指門，他的日子更不好過。這個可能性極大，他的人脈又怎能比得上歐陽剛？

想到這裡，他只覺前途一片灰暗。如今再求歐陽剛，除了換來一陣白眼和冷笑以外，就一無所有。他要麼成爲武林盟主，要麼和小師妹雙宿雙棲，只能二選一。

眞難抉擇。

可是，那個黑衣人不是說過，他是這遊戲的主角嗎？要是他走運的話就可以做武林盟主，而小師妹只是一個什麼刻板角色，縱使他們早已緣定終生……更何況，把她交給位高權重的歐陽剛，不只可以讓她過更好的生活，也無人敢對她白眼。他若有事要求歐陽剛，也可請她幫忙。沒有說客比枕邊人更有說服力。

爲了她，也爲了我，這才是最好的抉擇。爲什麼以前想不到？

指令〉讀取

〈讀取成功！〉

邢天生又回到歐陽剛勢力日漸強大的時空。當歐陽剛表示要小師妹做妾侍時，邢天生毫不猶豫點頭答應。那夜，邢天生在菜裡下了歐陽剛交給他的迷藥，迷暈了小師妹後，開門讓歐陽剛進入她的寐室。

那一夜，一切塵埃落定。邢天生睡得很酣甜。

歐然剛沒有食言，擢升他爲親信。邢天生也踏上青雲路，在幫內扶搖直上，比以前更接近幫內的權力核心。原來，人不爲己天誅地滅乃宇宙的眞理，也是江湖上的不成文規則。

他開始疏遠小師妹，後來乾脆和她不再往來，專心朝武林盟主之路進發。他無悔這樣做。武林盟主對他的意義，比小師妹重要得多了。

閻王閉關修練，還有半個月才能出關，到時功力必然大增。歐陽剛不甘心仍要處於一人之下，和幾個心腹加上邢天生連夜商議，達成破關殺閻王的決定。他們提早稱歐陽剛爲下任幫主。誰反對的話就要吃一顆野魔山的水果。

十日後，他們把重重火藥放在閻王閉關的石窟外引爆，一陣地動山移的轟炸聲後，石窟被夷爲平地。老練的歐陽剛兵不厭詐，見山泥倒下，仍堅持要挖掘出屍首。可是連挖三日三夜也尋不到半具殘骸，只好相信屍體已被埋於重重山泥之下。閻王去見眞正的閻王了。

歐陽剛這次篡權震驚天下，朝廷急派特使來瞭解。爲慶祝歐陽剛正式成爲新任幫主和新任武林盟主，毒指門設下英雄宴，廣邀各方豪傑，也可順道展示新任幫主的實力和威風。

一個月後的英雄宴當晚，也是歐陽剛這輩子最光輝的一夜。是夜七月十五，拱圓的月光鎮守穹蒼正中，教群星黯然失色。

大門派都倒了，前來向他祝賀的都是一些新興的小門派。一個全身黑衣披黑紗的神祕男子來到野魔山山腳，雖然沒有英雄帖，卻要求上山，並堅持只在歐陽剛面前才會解下面紗。再笨的人也知道這來歷不明的黑衣人不是善類。侍衛禁止他踏足野魔山，不料他突然大開殺戒，使出從未有人見過的凌厲武功，在電光石火間就解決了侍衛，一直衝到山上，途中輕易打倒了幾個毒指門猛將，最後如入無人之境般殺入宴會廳，無論多少個想壓住他的絕頂高手都在彈指間被殺，連一向自命不凡的歐陽剛也不敢迎敵，要退避三舍，但黑衣人亦步亦趨，迫歐陽剛和他一決生死，不出十招已廢了歐陽剛武功，斷他經脈，最後重創他五臟六腑。

黑衣人在以兩指刺進歐陽剛雙目前，終於拉下黑紗，讓他一睹其廬山眞面目。歐陽剛發出一聲肝膽俱裂的慘叫，整個毒指山莊裡的人都聽得清清楚楚，毛骨悚然。

原來這黑衣人正是閻王。當日邢天生沒有多想，不必用什麼「〈儲存／讀取〉」功能已知道歐陽剛只要坐大，不會坐大一時，而是坐大一世。只要歐陽剛在世一天，他也沒有機會成爲武林盟主。他想了一夜，決定陽奉陰違，約了幾個同樣不滿意歐陽剛的好兄弟，連夜挖一小道入石窟救出閻王，讓他繼續在別處修練。

閻王重新掌權，首要之事就是清理門戶，大力除掉曾經背叛他的手下，把幫過他的人扶正。

一夜間，整個毒指門的權力架構被上下對調。邢天生護主有功，獲冊封爲第一弟子，成爲毒指門的二把手。

有生以來，邢天生從未擁有如此高的江湖地位。他離武林盟主之位，不過一席之遙。

他沒有忘記小師妹。

她最後的身分是歐陽剛的女人，所以也在被放逐之列，但邢天生不會出手相救，如今他什麼女人都不缺，而小師妹也不會忘記這個曾經背叛她的男人，她會恨他一輩子。他當然不會殺掉她，但要她在他眼前消失！

從此，他把小師妹拋諸腦後。

回想起來，幸好他決定放棄她，不然只會在另一個時空裡成爲一個閒角，永遠無法出人頭地。

指令〉儲存

〈——儲存成功——〉

多年來，他都是閻王的首席愛將，但閻王遲遲不肯把毒指門幫主的寶座交出。據閻王說，他這武功能延年益壽，要他早登極樂難過登天。經過被歐陽剛算計後，閻王謹愼了許多，很多幫內的大事都不再假手於人。現在要打倒這老頭已不容易。邢天生一直找不到機會下手，也深怕異動會引起閻王懷疑。邢天生深信到他繼位時，已在古稀之年。他對出手救這老頭悔不當初。要是當年他和歐陽剛站在同一陣線，也許有始料不及的轉機，於是他毅然放棄眼前的榮華富貴。

指令〉讀取

〈讀取成功！〉

挖出閻王的屍體時，各人終於可放下心頭大石。閻王的朝代結束了，歐陽剛取而代之成爲新任幫主，此事震驚天下。他上位後首要之事就要加封當日追隨他的不貳之士，邢天生當之無愧。經過這麼多曲折離奇後，相信這是最好的抉擇了。

十天後的宴會之夜，大霧籠罩野魔山。席間大家談笑甚歡，共商未來大計。宴後邢天生漸感頭重腳輕，也許剛才喝了太多酒，他的腳步如騰雲踏霧般失去重心。他在回家的路上，遭幾個蒙面人突襲。

他知道被歐陽剛算計了，這個忘恩負義的人渣，剛才還說什麼好兄弟，原來是笑裡藏刀，過橋抽板，他要跟那傢伙拚過。邢天生奮力迎戰蒙面人，並逐一擊斃，但自己也身負重傷，只好落荒而逃。

他邊走邊逃，走著走著，最後竟逃至一個小亭子裡。他讓歐陽剛進去小師妹閨房後，就一個人來到這亭裡沉思。原來，已是很久很久以前的事了。

他聽到一陣踏碎枯葉的腳步聲，像死神亦步亦趨逼近。他毫無懼色，這種情況他經歷過無數次，每次都能化險爲夷，但暫時仍不想動用這功能，因爲來人是小師妹，如今這個濃妝艷抹、錦衣華服的女人已成爲歐陽剛的寵兒，她的眼神也不再柔情似水，而是蘊藏濃厚恨意，彷彿巴不得憑眼神就把他置諸死地。

他請她念及舊日情分出手救援，豈料她以他認不出的聲調說：「一次不忠，百次不用。要爲自己前途著想的，不只你。」

她再冷冷告訴他，這一切都是她教唆歐陽剛的。她要報當日邢天生背信棄義、始亂終棄之仇，遂教歐陽剛殺盡當年助他滅閻王之人，恐防這些骨頭輕的傢伙他日再倒戈相向。

即使她放狠話，但邢天生無所畏懼。她不知道他才是這個遊戲的主宰，他會成爲武林盟主，他是不朽的，其他人都只是爲他而生。他擁有「〈儲存/讀取〉」神功，等於擁有不死之身，比江湖中人苦練的什麼武功還要厲害，還要上乘。

他向她冷笑，笑她的無知。

指令〉讀取

……

……

〈讀取失敗！〉

什麼?抽取失敗!?他大惑不解。

指令〉讀取

……

……

〈讀取失敗！〉

指令〉讀取

……

……

〈讀取失敗！〉〈讀取失敗！〉〈讀取失敗！〉〈讀取失敗！〉

〈讀取失敗！〉〈讀取失敗！〉〈讀取失敗！〉〈讀取失敗！〉

〈讀取失敗！〉〈讀取失敗！〉〈讀取失敗！〉〈讀取失敗！〉

〈讀取失敗！〉〈讀取失敗！〉〈讀取失敗！〉〈讀取失敗！〉

他的腦袋開始空白，要是無法成功讀取，他在這個遊戲裡的生命就會到此爲止。他慌了。他聽到更多腳步聲。

他要逃，盡快逃走。他想拔足狂奔，但負傷太重，根本走不動。不可能！他是這遊戲的主角，他死不了的。他是遊戲的主宰，甚至可以改變劇情發展，他的下場不可能是這樣！

歐陽剛的人馬來到時，小師妹指著癱坐在地上的他，五把劍同時刺入他的血肉裡。

他倒在地上，眼睛無法閉上。

他死不瞑目。

往事如遊戲告白般走過他眼前：他忠誠、他背叛；他專一、他善變；他堅持、他放棄。爲什麼一無所知的他死得轟轟烈烈？爲什麼看通一切後卻反而變得一無所有？他心有不甘，期望那個怪里怪氣的黑衣人會因爲什麼漏洞而再出手搭救他。

其實邢天生錯了，遊戲世界裡的一切漏洞都已修補妥當了，再也沒有漏洞。只是他不知道，他人生的一切，每一步、每一個可能都是早就被預設下來，他雖然可隨意馳騁縱橫，自由「儲存」及「讀取」，可是，他實在太聰明，太神通廣大了，這遊戲預設的所有可能、每一個都被他經歷過。

按照《俠影武林》的遊戲設定，以他的能力和性格，是無法憑一己之力成爲武林盟主。他的最佳結局是在風平浪靜的情況下繼承閻王做下任掌門人，可惜已被他自行放棄了。他無法再放縱。他並不是眞能看透一切。不錯，行走江湖的規則，他十分清楚，但人世間最重要、最難能可貴的是什麼，他卻一無所知。

黑衣人要測試的，就是人工智能在遊戲世界裡會做出如何的善惡道德判斷。

答案顯然和人類的一樣。

〈俠影武林〉完

故事筆記

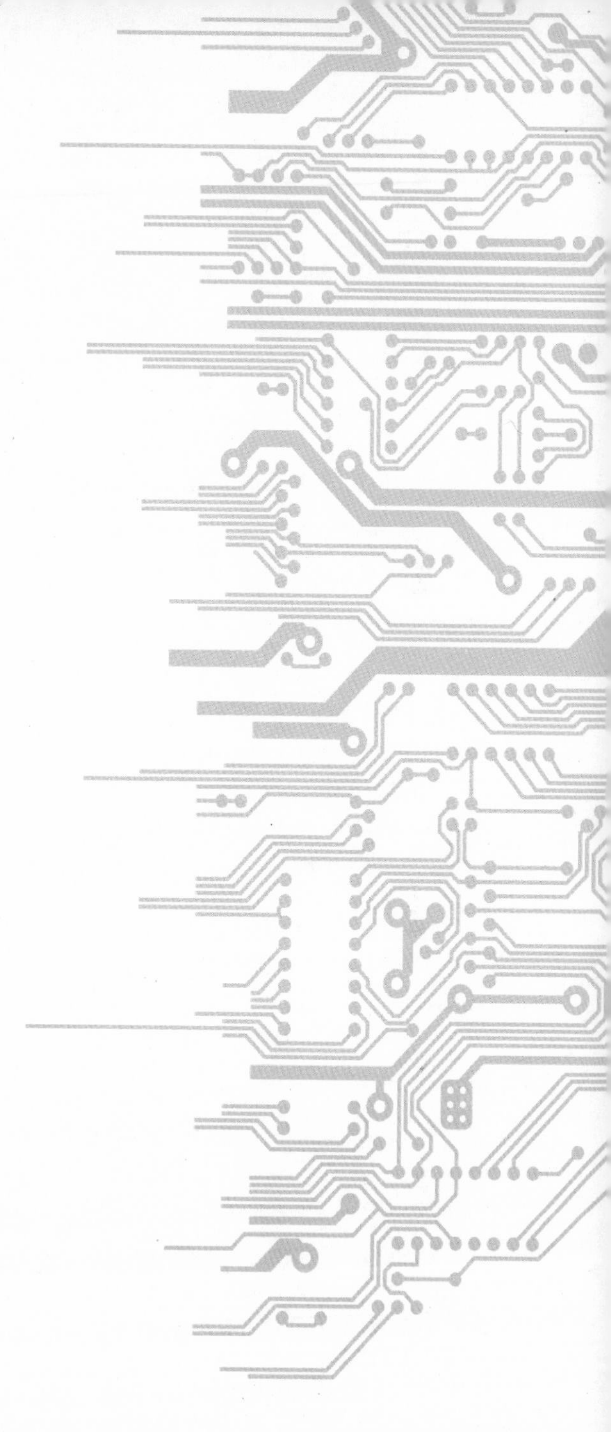

這書由十六篇小說組成，其中六篇來自我以前的短篇小說集《虛擬未來》和《1K監獄》，兩篇刊於不同結集（《新・非人協會》和《笨小孩》），三篇曾在雜誌刊登，五篇從未公開發表。

〈免費之城焦慮症〉

我最初讀到「免費爲王」這概念，是來自《Wired》首任總編輯凱文・凱利（Kevin Kelly）的《NET & TEN: New Rules for the New Economy: 10 Radical Strategies for a Connected World》（一九九八），其中一章就叫〈Follow the Free: Why the Net Rewards Generosity〉，號召公司以免費服務招徠客戶和廣告。今天回望，這一章可以成爲一九九五至二〇〇〇年間的「互聯網泡沫」（Dot-com bubble）歷史的一個註腳。

十年後，《Wired》總編輯Chris Anderson把這概念發揚光大，寫出《Free: The Future of a Radical Price》（二〇〇九）一書（另一個版本的書名連副標題是「Free: How today's smartest businesses profit by giving something for nothing」），可是這模式並不如作者所料般橫掃市場。航空公司沒有讓乘客看廣告而免費搭飛機。不少靠收廣告費而生存的雜誌都被淘汰，網絡報章採取收費模式，觀眾也捨棄免費電視而願意付費收看。現實世界的發展往往不如科技專家所料，後來一併興起的還有共享經濟。

我一直相信「免費才是最貴的」。網絡上的免費服務和APP都不想你知道它們怎樣從你身上賺錢。

這故事於第七屆「倪匡科幻獎」（二〇〇七）獲評爲佳作，收錄在《笨小孩：倪匡科幻獎作品集（三）》（二〇〇九），二〇一一年被選入《中國當代科幻文學精選》。此次結集的版本，把整個犯罪動機改寫了。

〈閂人〉

原刊於香港小說會策劃的《新．非人協會》（二〇一一）。書由會長施仁毅先生構思，獲倪匡老師授權，找來年輕作家以《非人協會》筆下角色續寫新故事。

我原本不知道如何開筆，但想到「非人協會」這組織向來以難入會見稱，就以此入手，創作難題變成「怎樣去構思一個奇人」。當時我正在閱讀比較宗教學的書，而以宗教爲題的《頭髮》（一九七八），我認爲是衛斯理系列裡最精彩的兩大長篇之一（另一部爲《玩具》）。

寫這故事滿足了我兩個願望，第一個是續寫衛斯理的故事，第二個是寫出一篇幾乎沒有動作場面、全靠對白組成的科幻故事。

故事裡提及的高野山，我其後在二〇一五年去參加「開創1200年」的法會，而奧之院參道在我心目中，是全日本最值得走的一段路。

〈殺妻〉、〈俠影武林〉

以「時間迴圈」（Time loop）爲題的電影，荷里活一直樂此不疲，包括《今天暫時停止》（*Groundhog Day*）（一九九三）、《蝴蝶效應》（*Butterfly Effect*）（二〇〇四）、《啓動原始碼》（*Source Code*）（二〇一一）、《明日邊界》（*Edge of Tomorrow*）（二〇一四）等，連Netflix也推出《黑鏡：潘達斯奈基》（*Black Mirror: Bandersnatch*）（二〇一八）。

在〈俠影武林〉（前稱〈虛幻武林〉）裡，我想寫的是一個武俠小說裡常見的英雄主角走向墮落的過程。人往往爲了崇高的理想而願意將原則一點點犧牲掉，到最後就連原本的理想也徹底放棄。故事原刊於我忘了哪份雜誌裡（也許是《小說世紀》）；二〇〇〇年收錄於短篇小說集《１Ｋ監獄》裡。

〈殺妻〉同樣是「時間迴圈」的故事，但重點不是主角最後的下場，而是他一直叩問自己身陷「時間迴圈」的理由，以上影視作品往往對此輕輕帶過，我卻認爲值得大大發揮。故事刊於二〇一九年五月號的《香港文學》，是他們首次策劃的〈華語科幻小說〉專輯。

〈北投溫泉鄉的神奇泉水〉、〈台北故宮裡的乾隆〉、〈消失的信長公銅像〉

我是由創作《貓語人》系列開始深度閱讀台灣歷史和文化的書。《貓語人》的故事背景最早只能寫到日治時期，但台灣早在大航海時代已經登上國際舞台，怎樣把其他想法寫進去並不容易。

後來，我發現原來香港人也合資格參加「台北文學獎」（台灣有些獎項只限本國國民參加），就以短篇連作《當代台北觀光指南、傳說與變形記》參加第十六屆（二〇一三）的年金獎助計畫。雖然獲得獎助（那一屆只有兩名），但最後沒有獲獎（首獎從缺）。

這組故事以台灣歷史和社會議題爲主軸，用科幻甚至奇幻小說的方向來寫。這次結集，從中抽出香港人較容易閱讀的三篇，放棄涉及大航海時代、二二八、白色恐怖、外省VS本省等背景的故事。

〈北投溫泉鄉的神奇泉水〉的靈感來自高橋留美子老師的漫畫《亂馬½》。

〈台北故宮裡的乾隆〉並不是源於參觀台北故宮的感想，而是讀到清朝統治台灣的歷史，發現原來和以往聽過的說法相差很遠。

寫〈消失的信長公銅像〉，在於我喜歡看青銅器和銅像，有天查到資料說大大小小的蔣介石銅像在台灣竟有四萬多個，而怎樣處理這些銅像，是台灣轉型正義不得不面對的重大課題。

有興趣瞭解台灣歷史的朋友，我推薦曹銘宗老師的《台灣史新聞》，是一本容易讀而不乏深度的著作。

〈斷章〉

我十多歲時讀了大量科幻小說後，開始思考科幻和武俠這兩樣差異很大的小說類型能否結合，邊想邊覺得問題不是「能否」，而是「怎樣」。如果有槍炮，爲什麼還要用刀劍？把故事背景拉到另一時空是其中一種出路。

寫〈斷章〉前幾年，我正在硬啃存在主義的書，對找不到人生目標深感悲觀，只好把所思所想都寫進這故事裡。

我把故事投去參加台灣「幼獅文藝科幻小說獎」時獲評審委員張系國教授特別推薦發表，刊於一九九四年三月的台灣《幼獅文藝》雜誌，並獲台灣「中國筆會」譯成英文版《Torn out of Context》，於一九九四年的夏季號出版。譯者爲鮑端磊（Daniel J. Bauer）。特別要說明的是，「幼獅」刊登的版本把好幾個段落的次序錯誤刊登了，連帶英文版同樣出現錯誤。

故事大幅修改後，收錄於我的第一本書——《虛擬未來》（一九九七），同一版本給選入香港科幻會編著的《宇宙摩天輪：香港科幻短篇小說選》（二〇一〇）。二〇一八年給選入台灣九歌出版社的《華文文學百年選・香港卷2：小說》的是再度修改的第三版，此次結集的是第四個版本。

〈騙案〉

原名〈第九十四號交響曲〉，刊於《無形》二〇一九年三月號，編輯指定要在二千字內寫「虛擬關係」的故事：「與網上世界（或虛擬世界）有關的騙案小說，探討虛擬世界騙案中的關係轉化……大概是虛擬世界跟現實世界騙案形勢的比較……在虛擬世界中，會否是騙徒反成了被騙者呢，或者虛擬世界騙案的被騙者會否包含在現實世界極難被騙的人？」

這篇故事在五年前也許是科幻小說，如今已經不是。我沒試過使用Deepfake軟件，只看過Youtube上的教學影片。Deepfake的原理是把影片變成一張張照片，在照片上用接受過訓練的人工智能轉換頭像，再把照片結合爲影片。前置過程需要篩選照片，而結合過程則要在影片質素和速度之中二選一。故事中的Deepfake影片製作過程比現實中容易得多，但未來應該有更先進的技術和硬體令過程簡化，我們也會面對更多眞假難分的問題。

《第九十四號交響曲》是海頓（Joseph Haydn）的名作，因爲在第二樂章有很驚人的強烈變化，所以又給稱爲「驚愕交響曲」（*The Surprise Symphony*）。

〈漸近線〉

靈感源於一九八八年的漢城（今首爾）夏季奧運會男子一百米決賽。Ben Johnson跑出破世界紀錄的9.79秒，其後被發現服用禁藥，摘金牌的是以9.92秒完成兼破奧運紀錄的劉易斯（Carl Lewis）。身爲一個只差三秒就破男子一百米世界紀錄的跑手，我一直很關注誰能刷新紀錄。

這故事原刊於台灣科幻雜誌《幻象》第七期（一九九二）。大幅修改後收錄於《虛擬未來》（一九九七），同一版本刊於中國《科幻世界》雜誌一九九八年四月號。

故事設定的世界在創作至今的二十多年間變化不小，這次修改時發現以下四項：

1 Mild Seven於二〇一三年改名爲Mevius。

2 Toshiba在二〇一八年把電腦業務賣給Sharp。

3 不管是一九九二年或一九九七年，當時男子一百米的世界紀錄其實都比故事裡的9.721秒要長，可惜在當時不易查到。如今最快的紀錄是保特（Usain Bolt）保持的9.58秒，此次改寫縮短了各種紀錄的時間。

4 當年畫的圖不合常規，Y軸不應該是時速，而是破紀錄的所需時間。這一點在當時同樣不易查到。這次可以撥亂反正。

〈蒙娜麗莎的玩笑〉

網絡剛開始流行時，有一句話：「On the Internet, nobody knows you're a dog.」漫畫家Peter Steiner在一九九三年畫的一幅漫畫也流傳甚廣，這簡單的一句話就是本故事的靈感來源。

原刊於《虛擬未來》（一九九七）。二〇一四年由日本翻譯家林久之先生譯成日語〈モナリザの苦笑〉，刊於《中国ＳＦ資料之十》（二〇一四年七月十九日出版，「中国」兩字是日本漢字）。

一九九七年時，網絡仍未普及，故事裡不少科技都寫得比當時超前，但二十多年後都過時了，如今看來頗有古風。我去看電影《挑戰者一號》（*Ready Player One*）時，就覺得它很親切，裡面的現實世界及網絡世界和我想像中的〈蒙娜麗莎的玩笑〉相差無幾。

〈厭世者死後的惡夢〉、〈動物眼中的人類良知〉

《幻象》雜誌（一九九一）曾發出「一字小說」徵文。一字何來小說？原來題目和註解並不受字數所限，因此也是其設計竅門。其後《幻象》又刊出「無字小說」，原理相同。「無字小說」的題目常涉及人類、宇宙、外星人、歷史、祕密檔案等導致「無」的答案，要寫得不落俗套必須花點心思，「一字小說」的難度在匠心獨運的那個字上。這幾年流行的六字小說反而捨棄了題目。

Fredric Brown（一九〇六—一九七二）的短篇名作《Knock》（一九四八）只有兩句：「The last man on Earth sat alone in a room. There was a knock on the door...」[1]後來有個高手把「knock」換成「lock」[2]，故事長度少了一個字母，但更加震撼。

〈1K監獄〉

靈感來自威廉．吉布森（William Gibson）的《神經喚術士》（*Neuromancer*）（一九八四）第一章裡的其中一句：「Case fell into the prison of his own flesh.」我讀這本經典時是在九十年代中，Cyberpunk在歐美已經玩出了新花樣，尼爾．史蒂芬森（Neal Stephenson）的《潰雪》（一九九二）給視爲Post-cyberpunk。

---

1 The last man on Earth sat alone in a room. There was a knock on the door：「地球上最後一個人類獨自坐在房裡，門外傳來敲門聲……」

2 The last man on Earth sat alone in a room. There was a lock on the door：「地球上最後一個人類獨自坐在房裡，房門上掛著一道鎖……」

Cyberpunk[3]和Post-cyberpunk[4]兩者差異不小，其中兩點是，Post-cyberpunk的世界不再是反烏托邦（Dystopia），主角的職業也不再是社會邊緣人，而是以正當職業融入社會。《神經漫遊者》裡的主角Case是個console cowboy，而《潰雪》的主角Hiro正職是送pizza！故事結局我不說，但單從人設就可以看出兩者在精神面貌上的巨大差異。

故事原刊於《男雜誌》第二期（一九九八），二〇〇〇年收錄於同名的短篇小說集裡。

〈談判〉

這篇不是科幻小說。原刊於《Esquire》二〇一七年七月號，刊出時名爲〈搶人老公必須注意的事項〉，是我改的，在商業雜誌上刊登似乎應該用個比較搶眼的標題。

以我的親身體驗，喜歡在交通工具或在公眾場合裡旁若無人高談闊論自己家事甚至祕密的人不在少數，我聽過的分量多到可以寫一本書。

〈黃昏的人〉

寫於一九九〇年，是我第二篇公開發表的作品，並獲第六屆香港「新雅少年兒童文學獎科幻故事組」冠軍，收錄在《黃昏的人》這本小書裡。幾個角色的名字都來自我當年在圖書館做暑期工時的友好，可惜我們早就失去聯絡（如果看到請聯絡我！）。故事裡不少部分理應修改（不管是科技上或故事情節上），但一如二十多年前收錄在《虛擬未來》時一樣，我決定把不成熟的地方全部保留。

我直到多年後看《未來戰士》（一九八四）時才發現機械人回到過去這個橋段原來已被大大開發過，如果事先知道我一定不敢寫。而一九九一年才上映的《未來戰士續集》（*Terminator 2：Judgment Day*）是我看了不下數十遍的科幻電影，好看的不是特效，而是阿諾舉起的拇指。

〈故事筆記〉完

3 Cyberpunk：即「賽博龐克」。
4 Post-cyberpunk：即「後賽博龐克」。

附錄　香港科幻小說發展史

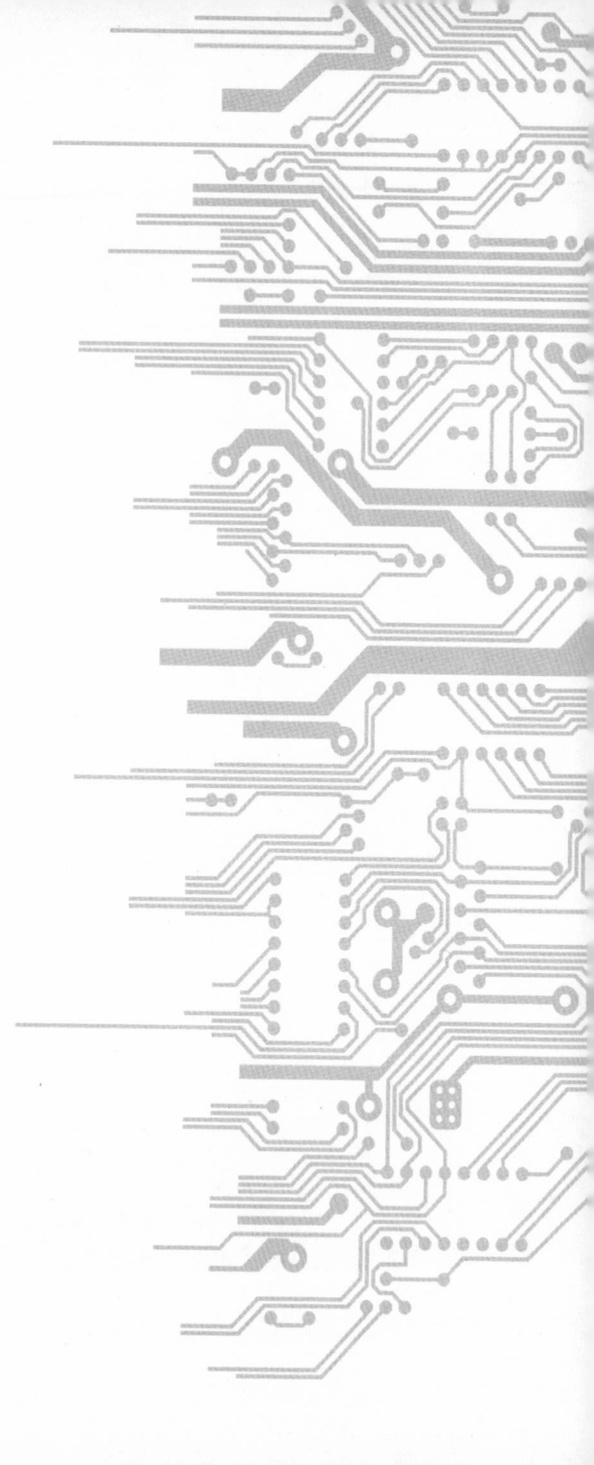

前言

香港科幻發展超過半世紀，出過單行本的作者達雙位數，包括倪匡和黃易兩位叫座力極強的作家；多間出版社辦過科幻小說比賽；曾誕生過三本科幻雜誌，大學亦設立科幻課程，民間有一法定組織——「香港科幻會」。本文除記錄香港科幻小說發展外，亦旁及論述及雜誌。漫畫、動畫、電影及網絡小說等板塊，則期待其他人進行梳理。

本文將科幻定義爲「由邏輯推理思考個人和社會發展」的故事，因此由通俗娛樂的衛斯理、純文學作者跨界書寫的科幻、由科學家執筆以科學爲基礎的硬科幻，及以近未來中國政治爲幻想全部羅致；以科幻包裝但故事核心並非科幻元素（如言情）則不在考慮之列。

而這種多元發展，可能正是香港科幻與其他華文地區在科幻創作上的最大差異。

在作家個人簡介部分，本文側重其科幻創作，其他方面未必齊全。以現今網絡資訊之發達，相信不難找到補充。

科幻萌芽期

據「台灣科幻五十年年表」[1]，港台兩地首個創作科幻的作者應是南來作家趙滋藩（一九二四—一九八六），作品有《太空歷險記》（一九五四）、《飛碟征空》（一九五六）及《月亮上看地球》（一九五九）三書。這位以寫實小說《半下流社會》（一九五三）一書揚名的作者，長於描寫社會低下層人物的生活，大概並未意識科幻小說在社會批判上有更厲害的力道，不然，他的筆鋒大概並不會止於「以祖孫兩人的一次太空冒險飛行爲主幹，以對話形式介紹有關太陽系的知識」的階段[2]。畢竟，當時甚至還沒有科幻小說的稱號。據黃海指出，「科學幻想小說」一詞的最早來源，可能來自鄭文光於一九五六年三月在《讀書日報》上發表的《談談科學幻想小說》（二〇〇三）[3]。

衛斯理誕生

倪匡（原名倪亦明，後改名爲聰，一九三五—）於一九六二年「以衛斯理爲筆名，開始撰寫一系列共一百四十五本的第一人稱的幻想小說」[4]，除代表作《衛斯理》外，其後還陸續推出《原振俠》（一九九五年後的《原振俠新傳奇》系列，已非出自倪匡手筆[5]、《浪子高達》、《亞洲之鷹》、《年輕人》、《非人協會》等諸多系列，另加獨立的《異軍》、《通神》，作品多不勝數。早期的作品如《鑽石花》仍然不脫《木蘭花》系列小說的冒險小說特色，「衛斯理」直到中期才發展出自己的獨特風貌，他最優秀的作品也是在這段時期誕生。

至今，仍然有讀者爭論他的作品是否科幻，甚至有極端的讀者認爲，他的作品科幻成分淡得近乎透明，特別是吊盡胃口的精彩開頭，往往以外星人爲謎底告終，只是水準極高

1 黃海、葉李華、呂應鐘共同整理（二〇〇二）〈台灣科幻五十年年表〉，http://web.my8d.net/luye/NHU/sf50tw.htm。

2 白錦輝（二〇〇四）〈香港中文科幻文學五十年年表〉。

3 黃海（二〇〇三）〈科幻小說往何處去〉，二〇〇三科幻研究學術會議「中文科幻研究：過去、現在與未來」，頁十三。

4 葉李華整理（二〇〇〇）〈中文科幻奮鬥史〉，http://sf.bookzone.com.tw/sffa/sfabr2.htm。

5 《東週刊》第四百七十八期，「原振俠隨著倪匡的移民而『銷聲匿跡』，直至九五年才見『重出江湖』，但眞正的執筆人卻非倪匡，因爲他已授權在香港文化界頗有名氣，亦是香港作家協會理事的沈西城，可以用『原振俠』爲筆名，繼續撰寫此系列科幻小說，而名稱則加一個『新』字來區別，成爲『原振俠新傳奇系列』，由利文出版社出版，至今已出了十五冊之多。」

的冒險小說，根本扼殺了科幻小說發展的空間，窒息了華文科幻小說的發展[6]。

不過，科幻同行對倪匡的評價反而不俗，在香港推廣科幻的杜漸，也指出「其中有幾本仍可歸入科幻小說之列的」[7]，台灣科幻推手張系國特別認同倪匡的短篇作品：「……趣味性或許不如倪匡所慣寫的長篇小說，文學價值卻無疑更高……即使是科幻小說，一樣可以表達這些（對人生無可奈何的）感慨。這麼說來，倪匡的短篇小說，又是十分中國的了」[8]。葉李華爲倪匡奔走，在台灣交通大學科幻研究中心於二〇〇一年至二〇一〇年間設立「倪匡科幻獎」徵文，肯定了倪匡在科幻創作上的成就。

入選「《亞洲週刊》二十世紀中文小說一百強」的《藍血人》（一九六四，日期以葉李華整理的思考外星人流落地球後的處境的〈衛斯理故事年表〉[9]指出的連載日期爲準）在衛斯理系列裡，並不屬第一流作品，以下的才是：《老貓》（一九七一）、《頭髮》（一九七八）和《血統》（一九八六）、探討機械和人工智能失控的後果的《玩具》（一九七九）、《筆友》（一九六八）和指出複製人另類用途的《後備》（一九八一）。他的科技細節也許有商議之處，但無論用哪種標準，都不能否認倪匡比同時代的華人作家看得更遠、思考得更多，而以宏觀視野對人性批判的力道更是無出其右。《規律》（一九七二）、《眼睛》（一九七八）、《尋夢》（一九八〇）、《神仙》（一九八二）、《追龍》（一九八三）、《人頭戀＋10》（一九八三，台灣知識系統出版社出版時名爲《倪匡科幻小說選》）等本本都是傑作。〈標本〉是他的短篇代表作，甚至可能是他不分類型的代表作。而《頭髮》（一九七八）和《玩具》（一九七九）兩本則是無可撼動的華文科幻經典。

倪匡創作力澎湃，這裡只能論及他的科幻創作。雖然他在二〇〇五年時已經以《只限老友》封筆，但作品仍不斷重印，也一再改編成廣播劇、電影和電視劇。豐林文化出版社亦重印了他若干作品，另包括《倪學：衛斯理五十周年紀念集》（施仁毅編，二〇一三）及授權其他作者續寫的《衛斯理回憶錄》（二〇〇六—二〇〇九）和《新・非人協會》（二〇一一）。他對華文科幻的影響力一直延續至今。

在六十年代的香港科幻界，倪匡其實並不孤獨。楊子江（原名楊安定）的科幻小說《水星旅行日記》（一九六九年時作者名改爲李新知，藝美圖書公司出版）、《怪星撞地球》和《火星人的報復》等三本中短篇，及長篇創作《天狼A-001號之謎》（五十年代末）

---

6 呂應鐘（二〇〇二）前言二：歷久彌新，《科幻文學概論》，五南，「雖然有一些年輕人表示倪匡先生的作品稱不上是科幻，甚至在天下科幻網站上批評倪匡的作品，但是我要說：所有亂罵倪匡的人都是小腦袋的科學主義崇拜者，不值得與他們一般見識……」

7 杜漸（一九九二）《世界科幻文壇大觀》，下冊，現代教育，頁二百八十五。

8 張系國（一九八五）序，《倪匡科幻小說選》，知識系統，頁二—三。

9 《倪學：衛斯理五十周年紀念集》，頁六十一—六十四。

這幾本書，後來啓發了李偉才對科幻的興趣，兩人數十年後甚至曾有書信往返，但中途卻戛然而止。由於年代久遠，楊子江籍貫生平不詳，他的介紹只能在此畫下句點。

開啓翻譯潮的七十年代

楊子江曾開啓翻譯外國科幻小說的序幕，但爲數不多。杜漸（原名李文健，一九三四—）在七十年代開始大規模的翻譯工作，包括《太空潛艇》（*The Daleth Effect*，原作者Harry Harrison）、《冷凍人生》（*When Time Stood Still*，原作者Ben Orkow）、《銅龍》（原作者不詳，唯出版時誤印爲原著，實爲翻譯）等數十冊。

杜漸曾任出版社編輯，不只翻譯，著作亦豐，除動筆寫科幻小說（後述）外，亦寫出重量級的《世界科幻文壇大觀》（一九九二），介紹西方科幻的發展。他除了是科幻小說獎評審，也是科幻雜誌《科學與科幻叢刊》的主編（後述）。杜漸對香港科幻的建樹，李偉才在爲杜漸的《世界科幻文壇大觀》序言裡的頭兩段寫得極其貼切：

「在香港，沒有一個人在推動科幻小說方面比杜漸做得更多。

早在七十年代，杜漸便已著手翻譯西方科幻小說，把優秀的外國科幻作品介紹給香港的讀者。八十年代初，他應陳祺先生之邀與萬里集團合辦過出版社，曾是首間以出版科幻小說爲主的出版社。九十年代裡，他再接再勵，在三聯出版社的支持下出版了香港的第一本《科學與科幻叢刊》。可惜香港沒有像外國般，每年都頒發與科幻創作有關的獎項（像美國的「雨果獎」和「星雲獎」），否則第一個獲頒獎項的人，必屬杜漸無疑。」[10]

香港科幻小說的起飛年代

倪匡自一九六三年創作《衛斯理系列》以來，多部膾炙人口的作品在七十年代末八十年代初已經面世。他的科幻小說植根於冒險小說和武俠小說。同期的張君默（原名張景雲，一九三九—）則接近部分西方科幻小說的模式和美學標準創作。要說是「部分」，在於西方科幻創作也是五花百門，難以定下一套準則。

張君默於一九八四年發表的長篇鉅構《大預言》把背景設定在遠未來，是以環境污染和複製人爲主題的科幻詩篇，架構龐大，是香港科幻的重要作品。李偉才稱爲「可說是香港首部較爲認眞和具有探討性的科幻作品」[11]，準確來說，這裡的「探討性」應爲社會意識。

張君默其後的《蝶神》（一九八七）、《蟻國》（一九八七）、《飛越彩虹》（一九八九）等，都是奇想巧思層出不窮的作品，如作者所言：「不單是爲了寫一個令人

10 李偉才（一九九一）序，《世界科幻文壇大觀》，上冊，現代教育。

玄惑的故事而已。」[12]

他的科幻作品不多，在創作科幻前已是成名作家，散文風行一時，科幻只不過是他芸芸創作裡的異數。

八十年代中，杜漸默默推廣西方科幻十多年後，終於找到另一個合作伙伴。

李偉才（一九五五－，筆名李逆熵）從香港大學物理系畢業，曾於香港太空館及天文台工作。於一九八五年因工餘推動科學普及而獲選爲傑出青年，一九八七年與杜漸和潘昭強於香港大學校外進修部講授「科幻縱橫談」課程。李偉才很早就以《賣隕石的人》（一九八七）和《星戰迷宮》（一九八八）等科普著作揚名，但同時也是從科幻迷自我養成的科幻專家，另著科幻專論《超人的孤寂》（一九八八），也譯出《最後的問題：西方科幻短篇小說精選》（一九八七），包括Harry Harrison[13]和Isaac Asimov[14]等大師的經典作品，每篇附上作者生平簡介和賞析。是香港科幻的重要推手之一。在一九九九年憑《科幻中的科學》一文奪得台灣李國鼎通俗科幻獎的第一名，另著《格物致知：思考及研究方法概要》（二〇〇九）及《喚醒69億隻青蛙——全球暖化內幕披露》（二〇一一）等。除了主持各種科幻活動，李偉才亦積極參與對抗全球暖化的運動，並於二〇〇八至二〇一九年間擔任香港科幻會會長。他一直以來擔任各大小科幻小說獎的主要評審，包括「新雅少年兒童文學獎」（科幻故事組）、「倪匡科幻獎」及「香港青少年科幻小說創作大賽」等獎項，並主編《宇宙摩天輪：香港科幻短篇小說選》（後述）。他在一九九九年才推出自己的科幻作品《無限春光在太空》。

八十年代的香港科幻，並不止於創作和翻譯。新雅文化事業有限公司舉辦的「新雅少年兒童文學創作獎」設立科學文藝組，自第四屆時改名爲科幻故事組（下稱「新雅科幻獎」），成爲香港首次有規模的科幻小說比賽，並把得獎作結集成書，每年的結集有評審的大序在前，並短評各作品。歷任操刀寫序的評判，計有李偉才、潘昭強和杜漸等。六屆的得獎紀錄如下：

---

11 李偉才（一九八六）《超人的孤寂》，新雅，頁九十五。
12 張君默（一九八七）序，《蝶神》，天地。
13 哈里．哈里森（1925-2012）：美國科幻小說家。
14 艾薩克．艾西莫夫（1920-1992）：美國科幻小說家。

	冠軍	亞軍	季軍	優異	
第一屆	〈一個昆蟲與青草的國度〉蘇富昌	〈茶〉梁世榮	〈明月幾時有〉薛偉華	〈意外？〉白偉文	〈羿〉利錦昌
第二屆	〈不死的灰白體〉劉素儀	〈片斷〉石堯／利錦昌	〈小勇和未來〉許顯良	〈祖〉史俊旻／劉智偉	〈再訪〉王鎮偉
第三屆	〈訓導主任一〇一〉梁世榮	〈天堂與地獄〉蘇富昌	〈奇想〉陳振東	〈真假鬱金香〉宋詒瑞	〈萬里長城〉梁世榮
第四屆	〈電腦神童〉李彥章	〈鎖在天堂〉薛偉華	〈飄浮的大石〉陳立諾	〈世界末日〉劉翠芬	〈開拓號計畫〉閃星／簡智聰
第五屆	〈查拉圖〉繁星	〈誰是兇手〉陳立諾	〈虛幻與真實〉譚劍	〈親親兒子陳紫蘭	〈煉石補青天〉李彥章
第六屆	〈黃昏的人〉譚劍	〈審判〉陳立諾	〈孤獨的旅程〉繁星	〈救兵〉李淑儀	〈機械神童〉黃志東

綜觀歷屆得獎作品，〈茶〉、〈羿〉、〈萬里長城〉、〈煉石補青天〉都深具中國風味。其中一位得獎者簡智聰（一九七一—）於一九八六年聽過李偉才講授「科幻中的科學」講座後，於就讀的中學成立香港首個學生科幻組織，並由李偉才出任顧問，出版期刊《科幻空間》。而陳立諾（一九七三—）和譚劍（一九七二—）日後亦出版單行本。

黃易（一九五二—二〇一七）原名黃祖強，是繼倪匡後，另一位在華文地區影響力龐大的科幻及武俠小說作家。他的創作從一開始即大受歡迎，而且不囿於類型，科幻小說時而結合武俠，時而結合高科技，如《月魔》、《爾國臨格》和《星際浪子》等，並以日後引發穿越小說風潮的《尋秦記》（一九九七）爲大成。他這部超長篇的科幻代表作更給拍成電視劇。本書構思接近Michael Moorcock[15]描述追尋耶穌的科幻經典《*Behold the Man*》，探索現代人對歷史的重新認識。

黃易創作力充沛，多產到最後小說不經連載，直接交由他和太太經營的出版社製作成書，有別於當時小說往往先（在報章）連載後出書的做法。他用行動指出華文武俠和科幻走向暢銷書的另一種寫法。他的作品給數度改編成漫畫、電視劇、電影、遊戲等，至今熱潮仍持續。

15 麥克・摩考克（1993-）：英國科幻作家。

西西（原名張彥，一九三八—）的〈浮城誌異〉（一九八六）收錄於張系國編的《七十五年科幻小說選》（一九八七年出版，是一九八六年第一屆《張系國科幻小說獎》的得獎作結集），以馬格列特的十三幅畫去虛構一個城市的寓言，她可能是香港第一位創作科幻的純文學作家。「浮城」這字眼其後成為香港文學的重要符號。西西和何福仁對談的《西方科幻小說與電影》（二〇一八）也是香港少見的科幻論述。她是獲獎無數的香港重量級文學作家，於二〇一八年獲「美國第六屆紐曼華語文學獎」（Newman Prize for Chinese Literature）。

八十年代末，香港大學比較文學系設課講授科幻小說和電影，但並未成爲獨立科目，僅在研究小說和電影的科目裡，將科幻和恐怖驚悚等類型並列作比較研究。

香港大學物理系教授Terry Boyce則開設「Science or Fiction?」課程。他曾是電影評論人，從港大退休後在梅窩開了名爲「Imprint」的二手英文書店。

專攻科幻的學者王建元（一九四四—）曾在香港中文大學及科技大學的通識科教授科幻，至一九九八年，更於中文大學設立人文研究所電腦文化研究發展中心研究科幻。二〇〇三年，王建元自中文大學退休後，轉至樹仁學院繼續研究科幻。以科幻相關的研究論文集爲《文化後人類：從人機複合到數位生活》（二〇〇三）。他和陳潔詩博士編的《科幻．後現代．後人類——香港科幻論文精選》（二〇〇六），內容分成「科幻發展史」（譚劍、白錦輝、杜漸）、「科幻理論研究」（李偉才、王建元、黃景亨）、「科幻經典文本解釋」（王建元、陳潔詩、林綺雯、林榮基）和「科幻與文化」（王建元）四個部分。

一九九〇年，任職三聯書店編輯的杜漸，獲時任出版社總編輯董秀玉首肯支持出版科幻雜誌《科學與科幻叢刊》，幾乎和張系國在台灣的《幻象》（一九九〇—一九九三）同步，當時港台兩地的科幻盛況，一度予人厚望，連《幻象》的輪值主編呂應鐘也不禁叩問：「是否意味某種勢的形成，就不得而知了。」[16]

《科學與科幻叢刊》由杜漸主編和負責編務，編委成員包括李偉才、潘昭強、香港教育圖書館館長鄺志雄、環保專家周兆祥等，另外還有來自科幻課程的黃景亨和黎展明，創作隊伍不少爲「新雅科幻獎」的得獎者。雜誌以季刊形式出版，因市場考量而加入了科普文章，每期均有獨立主題，分別是《無盡之旅》、《宇宙的風采》、《飛向群星》和《拯救地球》；此外，亦有如〈八十年代西方科幻小說回顧〉（李偉才、黃景亨、杜漸）、〈日本科幻動畫的成就〉（集體討論）、〈科幻中的奇異世界〉（黃景亨）等重量級文章，最後兩期分別是Arthur C. Clarke[17]（Clarke親自來信回覆，刊於第四輯）和Isaac Asimov

16 呂應鐘（一九九〇）延展成地球，《幻象》一九九〇第二期春季號，知識系統，頁九。

17 亞瑟．克拉克（1997-2008）：英國作家，以科幻小說聞名。

的特輯。雜誌出版四期後停刊，幸好以bookazine[18]的形式加上三聯書店強大的發行網，使雜誌停刊多年後仍然在書市流通。

《U-magazine》由蔡衍澤（一九六六—）主編，一九九一年出版。蔡衍澤筆名張炭，爲電影編劇。他的背景主導了雜誌的風格，電影相關的部分佔上雜誌不少篇幅，和《科學與科幻叢刊》的內容上截然不同。《U-magazine》試圖走流行雜誌路線，惜僅能出版兩期。但更可惜的是，兩本雜誌的骨幹成員未曾接觸，大大錯失了交流合作的發展可能。《U-magazine》的編輯團隊也曾出版《武俠世紀》（共兩期）和《後武俠時代》（一期）兩種雜誌。

而在台灣，張系國獨資的《幻象》科幻雜誌，出版了八期後在一九九三年停刊。

宇無名，原名麥繼安（一九五一？—二〇一二），一如他心儀的倪匡，同樣以第一人稱宇無名爲主角及署名，從《無名咒》（一九九五）年起寫出《宇無名超科幻系列》。他曾監製港台節目《獅子山下》。他的背景使故事行文極富電影感[19]。他在〈邁向超科幻世紀〉（《香港文學節研討會講稿滙編》，一九九七）裡寫道：「在邁向二十一世紀的路上，我感到新一代的科幻小說家的使命，是應該在小說裡捍衛民主與自由。」今天回望，是極具前瞻的洞見。

杜漸移居加拿大後，以李幻予爲筆名，在報章上連載科幻小說，由聚賢館出版了八本之多，包括《恐龍》三部曲：《逃出恐龍世界》（一九九三）、《女媧王國探祕》

（一九九四）及《黑龍三角》（一九九四）；除科幻小說外，他對推理小說亦素有研究，著有《偵探推理小說談趣》（一九九四），他的科幻創作因此具備偵探小說的特色，如《即食麵謀殺案》（一九九四），從一宗謀殺案揭出思想控制的大陰謀，如出版人趙善琪所言：「思想性沒有因為故事的豐富娛樂性而被放棄，讀他的科幻小說，可以在追求緊張情節之餘，了解多一點科學、哲理和人生。」[20]

一九九五年，年僅十六歲的怒加（原名顏金杪，一九七八—）幾經波折，終於順利經聚賢館出版長篇《一九九九人類大審判末世禍》（一九九五），他是享負盛名的動畫和程式設計師，小說批判性強，往往一針見血。第二本長篇《狂野之城》完成多年，卻要等到二〇〇〇年才面世。這部反烏托邦科幻小說，秉承其一貫批判的風格，是部有動作有懸疑且思想性強的作品。

18 Bookazine：把書（book）的內容以雜誌（magazine）形式出版的刊物，以爭取如雜誌般廣大的流通量和如書般的長遠保存期。

19 趙明（一九九六）〈香港九十年代幻想小說的圖像感性〉，《讀書人月刊》一九九六年三月號，原文：「鏡頭隨主角主觀視線移動。然而，更深度的電影與漫畫感則是融合在整個小故事鋪排與伸延架構之中，情節安排與場面調度，跟電影或電視劇本編排無異。」

20 趙善琪（一九九四）出版人語，《即食麵謀殺案》書背，聚賢館。

阿圖說力（原名李樹昇）交出《末世子民，烏邦狄世紀八十一年》（一九九五）的書背語介紹本書是「香港首部集虛擬歷史式科幻小說，集合權術、陰謀、政治、經濟、軍爭、先進兵器、古老念力於一體」，可惜出版時似完未完，原來本書分上下二冊，因市場反應而無法出版下冊，直到二〇〇二年才能順利推出「完全版」。

周顯曾任雜誌總監，爲倪匡代筆續寫《少年衛斯理》，整本的《天外桃源》和《騙徒》（署名倪匡），也用本名發表過大量不同類型的小說，前期科幻作品有《鬥》（一九九六）和《亂倫變》（一九九七）兩套三部曲等，及獲香港皇冠出版社舉辦的「科幻武俠小說獎」（一九九七，只辦一屆）首獎的《超重島》（一九九八），是本以堅實科學理論作基礎的硬科幻作品，隨書附送介紹箇中理論的小冊子。

周顯其後寫了多本暢銷投資書，但仍不忘創作。他的代表作爲出過多個版本的《碳六十之劍》（最新版在二〇一三至二〇一四年間推出，由四卷組成），作者的封底撰言「……集合了所有暢銷元素於一身：愛情、武俠、科幻、商戰、奇情、荒謬、推理、驚悚、變態、知識」並不誇張，這是一本娛樂至上的小說。

科幻推手李偉才，在另一位推手杜漸交出長篇近五年後，也終於涉足科幻創作，交出短篇小說集《無限春光在太空》（一九九九）（他第一篇科幻作品《The Unbound Prometheus》寫於一九九〇至一九九一年間，以英文創作）。不同於其他作者或多或少受到倪匡的影響，他的作品是全然屬於西方傳統科幻的產物。

李偉才連同《科學與科幻叢刊》的骨幹成員曾自行印製發行量不多的fanzine[21]，最終在一九九六年正式註冊成立「香港科幻會」。首任會長為黃景亨。他於一九九七年遽逝後，會長一職由白錦輝（一九六五—）接手至二〇〇八年，李偉才為第三任會長，麥家凱（一九七五—）在二〇一九年接手為第四任。科幻會積極舉辦講座，並從二〇一〇年起與香港新一代文化協會科學創意中心合辦「香港青少年科幻小說創作大賽」，並於二〇一〇年製作《宇宙摩天輪：香港科幻短篇小說選》（後述）。

網絡時代

網絡自九十年代面世以來，給傳統媒體帶來翻天覆地的衝擊，不過，在一開始時，帶來的改變是正面的。

譚劍（一九七二—）以〈虛擬與真實〉獲第五屆「新雅少年兒童文學創作獎」科幻小說組季軍出道，次年以〈黃昏的人〉獲冠軍，以〈斷章〉（一九九四）入圍四十週年慶的「台灣幼獅文藝科幻小說獎」，獲評審委員張系國力排眾議推介發表。這篇作品在二〇

21 fanzine：指的是非官方者出於愛好自行出版的雜誌。

一八年獲選入《華文文學百年選．香港卷2：小說》。他在二○○七年以〈免費之城焦慮症〉獲第七屆「倪匡科幻獎」，次年以《黑夜旋律》入圍「九歌三十小說獎」，在二○一○年以《人形軟件》（台版書名爲《人形軟體》）獲首屆「全球華語科幻星雲獎最佳長篇小說獎」（後述，我自己的部分存而不論）。

一九九五年，譚劍自架網站「異度科幻空間」發表得獎的科幻小說，並在一九九七年將他在「星網互動」及「網上行」的短篇結集成短篇集《虛擬未來》（一九九七）。科幻推手張系國在序言預示了數年後網絡作家「先網絡後出版」的特質：

「是今後青年作家一個發展的途徑：作品先在網絡上『出版』（或者應該說『出現』），在虛擬資訊世界裡存在一段時間後，才成爲紙上的出版物，也有可能根本沒有實體的書籍，但能廣在網絡上面流傳。」[22]

看出網絡可作科幻迷「絕地大反攻」基地的，還有從美國返回台灣的葉李華（一九六二─）。一九九九年三月，葉李華一手策劃的「科科網」（www.scisci.com）啓動，以「科學衍生科幻，科幻延伸科學」理念號召同好，鼓吹創作。

「『科科網』分爲『科學世界』、『科幻天地』、『科科專欄』以及『交流園地』四大區。『科學世界』項下有《科學月刊》的鏡站（mirror site）、馬志欽老師電磁專業的『馬子教室』以及江建勳老師生命科學領域的『生命方塊』。『科幻天地』有『譚劍異度科幻空間』以及龍幻『倪匡科幻』的鏡站、『科幻藝廊』展出國產畫家蒙傑及國外電腦畫家Molly Barr的科幻畫作，『混沌邊緣』由葉李華主持，『科幻創作大觀』則召集科幻寫手同台較勁。『科科專櫃』提供科普、科幻出版品的推介與發售，目前已有天下文化、幼獅文化、英文漢聲、新新聞、風雲時代相繼進駐。葉李華笑稱：『我有一點商業頭腦，網路商機可以相對投入更多資本提高網站品質，跳脫個人網站無法拉大格局的業餘劣勢。』『交流園地』是上網者發聲與對話的互動版圖。」[23]

交流園地投稿最勤的兩位作者，是來自香港的蕭志勇和甄偉建。

蕭志勇（一九七五—，筆名簫炫、蕭源）曾任補習社教師，著有短篇集《未來的冬夜，一個旅人》（一九九九）及《天國餐廳》（二〇一〇）。長篇《不死惡星》（二〇〇〇）是部多頭發展，充滿幻想力的長篇鉅構。《時界少年》（二〇〇〇）融合科幻史上不少時空科幻的意念，其後經過多次修訂。

甄偉建（筆名Nelnel、迷之小原，一九七四—），曾任職電腦工程師，也是填詞人，著有短篇集《時空紀事》（二〇〇〇）及以香港爲背景的長篇科幻災難小說《末日洪荒》（二〇〇二）等，並撰寫《屍城》電影小說版。他曾把張系國的〈望子成龍〉改編成廣播

22 張系國（一九九七）序，《虛擬未來》，玲瓏壁。

23 羅奇，聯合報一九九九年二月一日讀書人版報導。

劇，也是電視劇《心冤》編劇之一。

香港在九十年代冒起的新作者雖然風格各異，但聯同台灣的莫仁（一九七〇—）、張草（一九七二—）、蘇逸平（一九六五—）等，作品都混合多種小說類型，一如科幻推手葉李華所言，嘗試塡補倪張斷層，在閱讀層面和讀者層面取得平衡[24]，共同開創了港台兩地的科幻新局。是次壯舉引起大陸盜版商的注意和評價，進行可能是華文科幻史上最有系統兼大規模的盜版活動，並有專人撮寫導言推介，全文照錄如下：

「隨著千年的到來，海外湧現出一大批十分奇特的新小說。她們包括奇幻武俠小說、玄異科幻小說、驚險獵奇小說、強勁偵破小說、怪誕神魔鬼小說，甚至超前意識極強的新言情小說。我們的通俗文學專家在鑒賞這一批奇異新書時，發現已經無法用原有的分類法去規範這批小說的類型。她們在奇幻武俠小說中融進了玄異科幻因素，在驚險驚奇小說中卻又融進了武俠風格的打鬥場面，偵破小說和怪誕的神魔鬼怪甚至特異功能結合在一起，而在這一切蛻變出新風格的新作之中，二十一世紀更開放的言情藝術幾乎都貫穿在其中。這一大批超脫現實，突破時間空間，突破文學樣式的有規範的精品，極像青年人的思維在電腦虛擬世界中任意翺翔不受約束一樣，開創出一個全新的藝術天地。試問，誰還能用舊有的武俠、科幻、驚險……這類的類型去規範這一批海外精品新作？也正是在這個意義上，我們將這一批海外精品歸類爲新奇幻玄異小說。這批新千年的精品新作，還有一個更顯著的特點，就是基本上立足於作品的娛樂性和知識性。因此，作家們在故事的構思上、在情節的推進手法上、在人物描寫上、語言風格上……都做了更多的思考和更新奇的表現，使得這一批精品小說非常好看。

新奇幻玄異系列的豐姿異彩，一定能帶給讀者全新的藝術享受！」[25]

這段頗有見地的文章可能是盜版書商從來歷不明的論文拷貝過來，但原作者已無法查證。

二〇〇〇時，懿津出版社銳意發行一系列的科幻小說，除收編了蕭志勇、怒加和甄偉健三位香港作者外，還推出了台灣作者洪凌的《星石驛站》和陸恆的《靈彈》等，意圖定位爲專攻科幻小說的出版社，可惜年多後結業，錯過創造科幻大高潮的機會。

進入二十一世紀，衛斯理系列已進入尾聲，黃易也不再寫科幻而專注武俠小說創作，

---

24 葉李華（二〇〇一）〈科幻一家言〉，http://sf.nctu.edu.tw/yeh/sf.htm，「填補倪張斷層：張系國的作品犯了陳義過高，以致曲高和寡的毛病；倪匡的作品則因市場考量，而過於通俗甚至媚俗（倪匡堅信暢銷小說必須媚俗）。因此一個叫好，一個叫座，二者在內涵、立意、文學價值、（尤其重要的是）讀者群上非但沒有交集，甚至還有一大段距離。然而中文科幻的潛在讀者群，卻很可能正好分布在二者的斷層之間。唯有取兩家之長、去二者之短，才能寫出又叫好又叫座的作品，才是中文科幻小說發展的正道。」

25 無名氏（二〇〇〇）系列總序，《換身殺手》。西藏人民出版社，本書爲中國盜版。

連宇無名也不復一年多書的產量。

倪匡科幻獎

二〇〇一年，葉李華透過台灣國立交通大學囊助成立科幻研究中心，舉辦一年一度的「倪匡科幻小說獎」，長達十年。從第三屆起，來自香港的參賽者陸續獲獎。

第三屆，首獎：龍俊榮〈皇陵的祕密〉；佳作：林兆基〈眞相〉

第七屆，佳作：祁佳仕〈零和〉、譚劍〈免費之城焦慮症〉

第九屆，佳作：夜透紫〈Presque Vu〉

第十屆，三獎：陳浩基〈時間就是金錢〉

龍俊榮、林兆基和祁佳仕在得獎後都沒再交出新作。只有以下三位持續創作。

〈免費之城焦慮症〉是譚劍停筆多年後重新起步的作品。

〈Presque Vu〉是夜透紫（一九七九—）的出道作。她其後主攻輕小說，以《字之魂》（二〇一一）獲第三屆「台灣角川輕小說大賞」銅賞，並發展成系列，另著《小暮推理事件簿》等系列，同樣在台灣出版。

陳浩基（一九七五—）主力創作推理小說，以〈藍鬍子的密室〉獲「台灣推理作家小說獎」首獎，以《遺忘．刑警》獲第二屆「島田莊司推理小說獎」首獎。長篇推理小說

《13·67》（二〇一三）賣出多國版權，在日本獲得極高評價。他獲公評是「華文推理第一人」，其後和台灣作家寵物先生合著的科幻推理《S.T.E.P.》（二〇一五）是類似電影《關鍵報告》（*Minority Report*）預測罪行的短篇連作，由四篇故事組成，加入試驗、欺詐等推理情節。

他的科幻創作結合本格推理的趣味，即使去除推理部分後，在科幻方面仍有其視野。他另著推理小說《網內人》（二〇一七）及短篇小說集《第歐根尼變奏曲》（二〇一八，收錄他的科幻短篇）。

二〇〇二年間，蕭志勇和甄偉健承香港藝術發展局資助，以月刊形式出版《科科世界》科幻雜誌十二期，是截至目前爲止香港最後一份科幻雜誌。

黃樾樺（原名黃知勇，一九七三—）曾經是傳媒人，以《複製大熊貓》（二〇〇三）入圍第五屆皇冠大眾小說獎最後十五強後，接連推出《第五級病毒》（二〇〇四），《黃金獵殺》（二〇〇四）等多本長篇。他的作品重視技術細節，如《小心駭客》（二〇〇四）單是註解已有萬多字。走的是Michael Crichton[26]的科技驚悚小說的路線。與王貽興合著武俠小說《血狼叛武：卷一・棄卒》（二〇一三）。

二〇一〇年，香港科幻會編著的《宇宙摩天輪：香港科幻短篇小說精選集》由香港明窗出版社製作。杜漸寫序；李逆熵除寫前言、後記，和每篇的導言，作者也補上後記。收錄作品如下：

倪　匡：〈標本〉

梁世榮：〈茶〉、〈訓導主任101〉

蕭志勇：〈未來愛情故事〉、〈今夜無所不能〉

譚　劍：〈斷章〉、〈神曲〉

陳立諾：〈誰是兇手〉、〈毀滅者〉

簡志聰：〈無盡之旅〉、〈僅僅是開始〉

怒　加：〈新房客〉、〈屍體待領〉

甄偉健：〈第一法則〉

王啓榮：〈末日遊戲〉

方子華：〈竹刀〉

蘇富昌：〈天堂與地獄〉

若　林：〈哈米吉多頓〉

龍俊榮：〈皇陵的祕密〉

李逆熵：〈語言的鴻溝〉、〈逝者如斯〉

方子華的〈竹刀〉和怒加的〈屍體待領〉都有政治色彩，梁世榮的〈茶〉尋找中國人的身分認同，龍俊榮的〈皇陵的祕密〉涉及秦始皇陵的傳說，是他奪得《倪匡科幻獎》首獎的作品。

《宇宙潛航》其後推出中國版，但內容和港版有異。這書和杜漸的《重返大地世界》和《地底城的祕密》、李逆熵的《泰拉文明消失之謎》跟蕭源的《時空之王》（卷一和卷二）組成《香港科幻巡禮》（二〇一四）套書，應是香港科幻首次在外地出版的系列。

在二〇一二年，中國《科幻世界》雜誌的《星雲9：港台科幻專輯》收錄了香港科幻作家的兩篇小說，包括陳立諾的長篇推理科幻〈園丁〉（以他在「新雅少年兒童文學創作獎」的得獎短篇〈誰是兇手〉（一九八九）擴展而成）和夜透紫的短篇〈寵兒〉。此書另收錄台灣科幻作家張系國的中篇〈多餘的世界〉、作者訪談和台灣作家黃海執筆的〈本土作家眼中的台灣科幻〉。

望日（原名謝文傑，一九八三—），以科幻小說《黑色信封：神祕組織與殘酷遊戲的陰謀》（二〇一五，《覺醒．潛能》系列第一部）出道。他在二〇一三年辭去公務員工作去全職寫作，並在二〇一六年時爲持續出版自己寫的科幻小說而成立星夜出版。他的小說在敘事和用字上反映出結合校園小說和網絡小說的寫作特質（兩者都是他出版的小說類

26 約翰．克萊頓（John Michael Crichton），（1942-2008）：美國暢銷作家，作品題材多爲科幻。

型），並加入大量知識謎題，主題圍繞數學、元素週期表、紙牌遊戲和冷知識等，在當時的香港小說裡屬新穎的寫法。另創作《當愛情變成一場遊戲》（二〇一六）和《等價交換店》（二〇一八）等。

香港科幻小說的本土意識

香港科幻小說在一九九七年前並無很深的本土意識。在倪匡的科幻小說裡，香港只是衛斯理的家，是他雲遊四海甚至離開地球經歷大大小小冒險後回去的地方，除了在《追龍》（一九八三）裡含有政治隱喻：東方七色星芒連成一線猶如巨龍，必會找東西吞噬，暗指東方一個大城市會發生災難。

當時正值中英兩國就香港前途進行會談，人心惶惶給倪匡這一曲筆表露無遺。倪匡本人也一度在一九九二年移居美國舊金山，直至二〇〇七年始返港定居。

香港在一九九七年主權移交後，本土意識逐漸抬頭，不只在政治上反映，屬文藝創作的科幻小說也不例外。作家在作品裡滲入更多本土元素。香港不再是單純一個地方名稱。

陳冠中（一九五二—）是資深傳媒人，《號外》雜誌創辦人之一，也策劃過多部電影。二年輕時的作品《香港三部曲》並無類型歸屬。二〇〇〇年移居北京後重拾小說創作，在二〇一九年推出極其轟動的《盛世》，大膽討論中國政治發展，並和《裸命》、《建豐二年：

新中國烏有史》在二〇一九年合併爲《中國三部曲》一書（附篇〈馬可波囉〉）。《建豐二年》虛構中國近代史，香港的政局甚至文化變遷也包括在內，本書入圍「第六屆紅樓夢獎專家推薦獎」、《亞洲週刊》「二〇一五年年度小說類十大好書」和獲台灣《文訊》雜誌「二〇〇一—二〇一五華文長篇小說二十部」評選活動代表香港的兩部小說之一。《中國三部曲》至今仍無法在中國出版，卻是少數直視當代中國政治的長篇科幻小說。

譚劍的《人形軟件》（台譯《人形軟體》）（二〇一〇）除了含有茶餐廳和唐樓等本土文化元素，地產發展商收購雲吞麵店爲其中一條主線。

喬靖夫（原名劉偉明，一九六九—）不只是小說家，也是塡詞人。他的古代架空史詩《殺禪》和武俠小說《武道狂之詩》是他最爲著名的兩大系列，後者不只入選「中學生好書龍虎榜」，也給改編爲漫畫。《香港闕機》（二〇一二）最初在香港《信報》連載，其後才結集成書。故事假設香港突然和外界斷絕一切通訊後，香港人面對自生自滅不得不奮起自救，爲生存而戰。

江皓昕（筆名Mr. Pizza）的《那夜凌晨，我坐上了旺角開往大埔的紅VAN》（二〇一四）比《香港闕機》更令人絕望。除了一眾主角外，其餘七百多萬香港人在一夜間消失無蹤。這部在高登[27]連載小說的影響力已超出科幻小說的範疇，而成爲影響力極深遠的網絡小說，先出版實體小說（上集二〇一二，下集二〇一三），後由導演陳果拍成同名電影，上集於二〇一四年推出。

林寶，和喬靖夫一樣有小說家和塡詞人的雙重身分，自二〇一二年創作《戰鬥太平》系列第一卷六本，第二卷爲《隱魂》兩本，一本八卷，結合技擊、政治及軍事等元素，是架構龐大的虛擬歷史，香港也是主要場景。別開生面的是，他爲作品創作原聲音樂。

韓麗珠（一九七八—）是香港的純文學作家，獲譽爲「香港卡夫卡」，在仍是中學生時以短篇〈輸水管森林〉出道，其後一直獲獎無數，以《灰花》獲「二〇〇九亞洲週刊中文十大小說」和第三屆「紅樓夢獎專家推薦獎」。《空臉》（二〇一七）以一個通過換臉議案的虛構城市爲背景，充滿大量時下香港的政治隱喻，如嗜睡者、睡眠時數、全民換臉等，雖無明言，但明眼人會知道她指的是什麼。

藝術家徐守淇在策劃的《暗流體：徐世琪的科幻創作實驗計畫》（*Dark Fluid*，二〇一七）序中即指出「科幻可能是爲弱勢充權的方法、在反烏托邦世界裡的生存指南、組織及建立各種另類社會模式的藍本」，書中的故事以此精神對香港未來作出種種想像，不管在政治上或社會發展上。本書除Mr. Pizza（〈蚊字工廠〉）寫過科幻小說，其他作者如俞若致（〈水考〉）、謝柏賢（〈疫區調查〉）、黎仲民（〈Layer 2〉）、葉文希（〈然後是海市蜃樓〉）和李挽靈（〈十夜譚：香港發生了咩事〉）都是科幻新手，從本身身處的邊緣視角寫出令人不寒而慄的香港。李挽靈那篇是以前述五篇作後設的發揮。

本書除小說外，陳潔詩爲本書的另一篇序〈科幻小說與社會公義〉、黎雋雄的〈迷失過去的未來〉和延伸書目都很可觀。

而每篇的「Behind the Scenes」未必和完成品有密切關係，卻提供比評論更大的思考空間。這本結集裡的故事不管從科學和科幻元素，情節鋪排和閱讀介面都和常見的科幻小說有很大差異，而破格就是科幻創作的精神。本書應是迄今爲止唯一一本以香港爲主題的科幻小說集。

結語

以下一段來自本文在二〇〇四年初稿時的結語：

「五十年來，雖然香港出過倪匡和黃易兩大天王級作家，但對其他作者來說，要出版科幻小說仍不是一件容易的事，譚劍的《虛擬未來》和甄偉健的《時空紀事》都經香港藝術發展局資助；蕭志勇的《未來的冬夜，一個旅人》在香港到處碰壁，要透過葉李華穿針引線才得以在台灣出版。阿圖說力在《末世子民》的序裡更直言，『出版過上集，後因銷售不理想，而終止下集的製作。這也難怪，就算時至今日，這類本土創作的『遠未來科幻小說』在

27 高登：高登討論區（Hong Kong Golden Forum）的簡稱，一度是全香港最有影響力的網路論壇之一。

市場上仍屬鮮見，賣不好也不足爲奇』[28]。所以，除少數作者外，大部分作者都面對發行艱鉅鋪書難，讀者不多印數少，陷入『讀者找不到作者，作者找不到讀者』的苦況。」

不同於台灣科幻長期和純文學結盟（近十年多了推理小說作家的跨類型創作），或中國科幻曾於文革及在八十年代被視爲精神污染而陷於空白期，香港科幻自五十年代開始以來一直處於創作自由和百花齊放的狀況，唯與中國及台灣一樣，科幻仍然屬於小眾趣味。一本科幻小說暢銷與否，能否獲傳媒注目，往往視乎作者本身的名氣或獎項加持而帶動；而香港科幻圈比中國和台灣不足的是，由於缺乏長期關注本地科幻創作的評論人或團體爲其發聲，香港傳媒因此多次得出無以爲繼的結論（如二〇〇九年《明報週刊》的〈科幻已死〉、二〇一一年《壹週刊》的〈香港最後一個科幻小說家〉），但現實是後繼者一浪接一浪，不斷推陳出新，創作光譜愈見廣闊，由青少年科幻、娛樂通俗面向、結合純文學、社會批評、探討政治發展的都一應俱全。不過，由於香港出版市場接受能力太小，部分作家如譚劍、陳浩基和韓麗珠的出版重心都在台灣。

更可惜的是，不管台灣或中國的科幻發展史，香港科幻都因其獨特的歷史因由而被忽略或被邊緣化（和香港文學本身面對的情況相若，見吳美筠編的《香港文學的六種困惑》），發展脈絡往往亦因此被簡約化、扁平化、公式化和濃縮化。

近年中國作家得到國際科幻獎項，中國科幻開始走紅，連帶科幻也開始在香港獲重視。本年（二〇一九）三月，香港浸會大學舉辦首屆文學節，以「科幻的多維世界」爲主題。五月，老牌文學雜誌《香港文學》首次推出「華語科幻小說」專輯。同年香港書展以「科幻及推理」為主題（入選的主題作家九人：杜漸、倪匡、黃易、李偉才、譚劍、梁科慶、陳浩基、徐焯賢、厲河。前七位都創作科幻小說）。香港科幻小說有更多機會進入學術圈和文學界的視野，但在分眾時代，要再造倪匡和黃易那種多產而影響力遍布海內外華人社會的作家機會渺茫。不過，隨華語科幻類型電影和電視劇的市場擴大，香港科幻作者和影視媒體結合勢在必行。下一代的科幻作者說不定就是影視編劇或導演，甚至遊戲設計師。

今年下半年，ViuTV推出科幻電視劇《理想國》，由譚惠貞監製兼導演。原劇共有十三集，其中十集由編劇改寫為小說。而由古天樂投資的科幻電影《明日戰記》亦會在年內公映[29]。

然而，若香港在創作和出版上失去自由，香港科幻創作將會如同其他文藝創作進入發展週期的最後階段。

〈附錄　香港科幻小說發展史〉完
二〇一九年版

28 阿圖說力（二〇〇二），序，《末世子民》，大文館。
29 《明日戰記》：截至二〇二〇年一月仍未上映。

後記

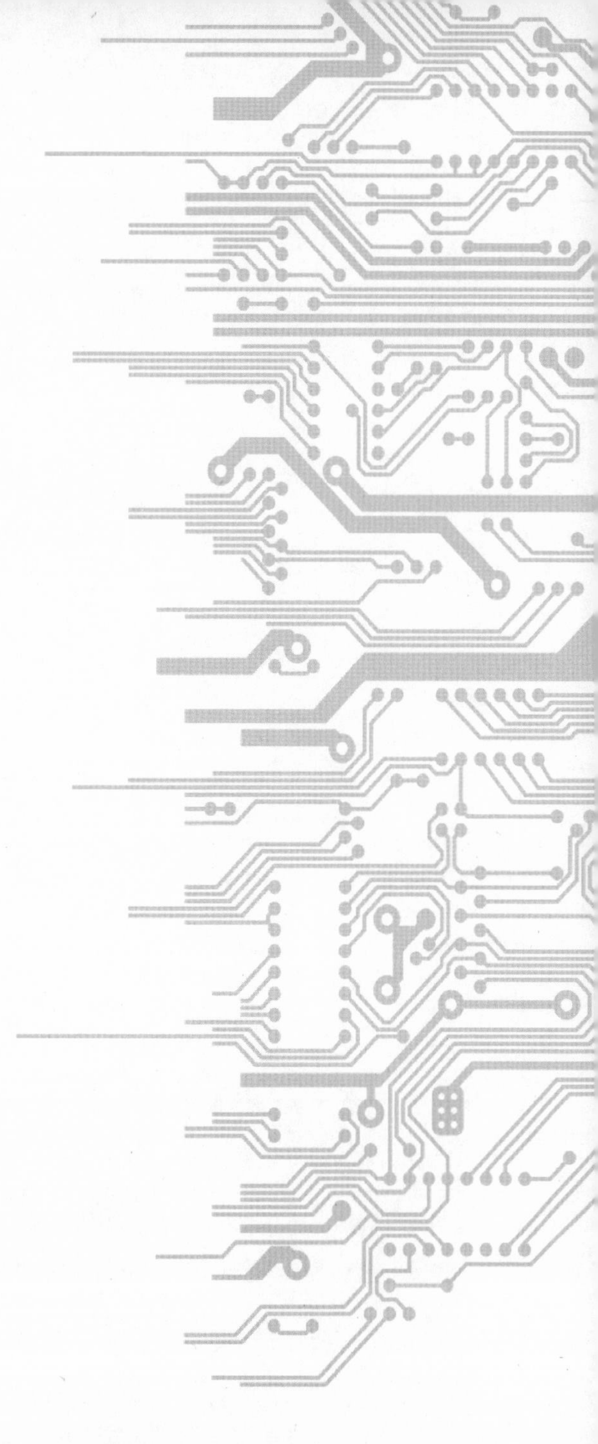

本文原應王建元教授和陳潔詩博士編的《科幻．後現代．後人類——香港科幻論文精選》在二〇〇四年寫畢。書在二〇〇六年由中國福建少年兒童出版社出版。此次修訂在二〇一九年完成，除了補上二〇〇四年至二〇一九年間的資料，並修正了對若干作家的評價。

我堅信要親自讀過原書才能收進來，唯二例外的是有開創意義的趙滋藩先生和楊子江先生的著作，因此不少作品受我能力所限被略過，只能放進補充書目裡。而且我對一九八〇至一九九〇年代的科幻創作認識極爲有限，幸好香港科幻會前會長白錦輝先生素有研究。他以個人藏書寫出〈香港中文科幻文學五十年年表〉（同樣刊於上述的香港科幻論文精選）補充了我的不足，特別是博益時期的作品。我不希望這些作品被遺忘，也認爲能整理一份書單本身就有價值而不願剽竊。在徵得他同意下，把部分書名列出。我在此特別提醒有意研究香港科幻發展的朋友必須直接閱讀他的鴻文，而我日後閱畢《香港九一》和《香港浩劫》也許會修正本文的若干觀點。

以下摘錄自〈香港中文科幻文學五十年年表〉：

李星雲：《夢魘》（一九八一）

季　子：《香港九一》（一九八一）

陳憲玉：《香港浩劫》（一九八五）

夏　易（原名陳絢文）：《幸福島》（一九九八）、《實驗室戰爭》（一九九九）

區柏德：《乘雙層巴士逃出地球》（一九九九）
鍾子美（鍾毓標）：《飛天》（二〇〇〇）
畢華流（原名吳漢源，一九六一—）：《五艦一統記》（二〇〇三）

以下部分爲我的補充書目：

梁科慶（一九六二—）：《Q版特工》系列
天航（原名黃黎兼，一九八〇—）：《D》系列（台灣版更名爲《術數師》）
董啓章（一九六七—）：《地圖集》（一九九七）、《繁勝錄》（二〇一二）
心橋：《網絡國家集團》（二〇〇二）
馬富強：《遊牧民族》（二〇〇二）
蔡保羅：《香港毀滅》（二〇〇三）
可洛（原名梁偉洛）：《女媧之門》系列
麻手：《紙城》（二〇〇九）、《六方》（二〇一〇）、《觸愛取》（二〇一二）
曾繁裕：《後人類時代的它們》（二〇一七）

二〇一九年五月二十六日

參考

李偉才（一九九六）〈我爲甚麼愛看科幻小說〉，《挑戰時空》，教育圖書。
呂應鐘（二〇〇二）《科幻文學概論》，五南。
杜　漸（一九九二）《世界科幻文壇大觀》，現代教育。
李偉才（一九八六）《超人的孤寂》，新雅。
白錦輝（二〇〇六）〈香港中文科幻文學五十年年表〉，《科幻．後現代．後人類——香港科幻論文精選》，福建少年兒童出版社。
曾曉渝（二〇一六）「這是傳奇和溫暖結束的時代？-Terry和他的二手英文書店」，端傳媒。

鳴謝

香港科幻會前會長白錦輝先生。
台灣科幻研究學者楊勝博先生。
甄偉健先生。
李雪心女士。

謝辭

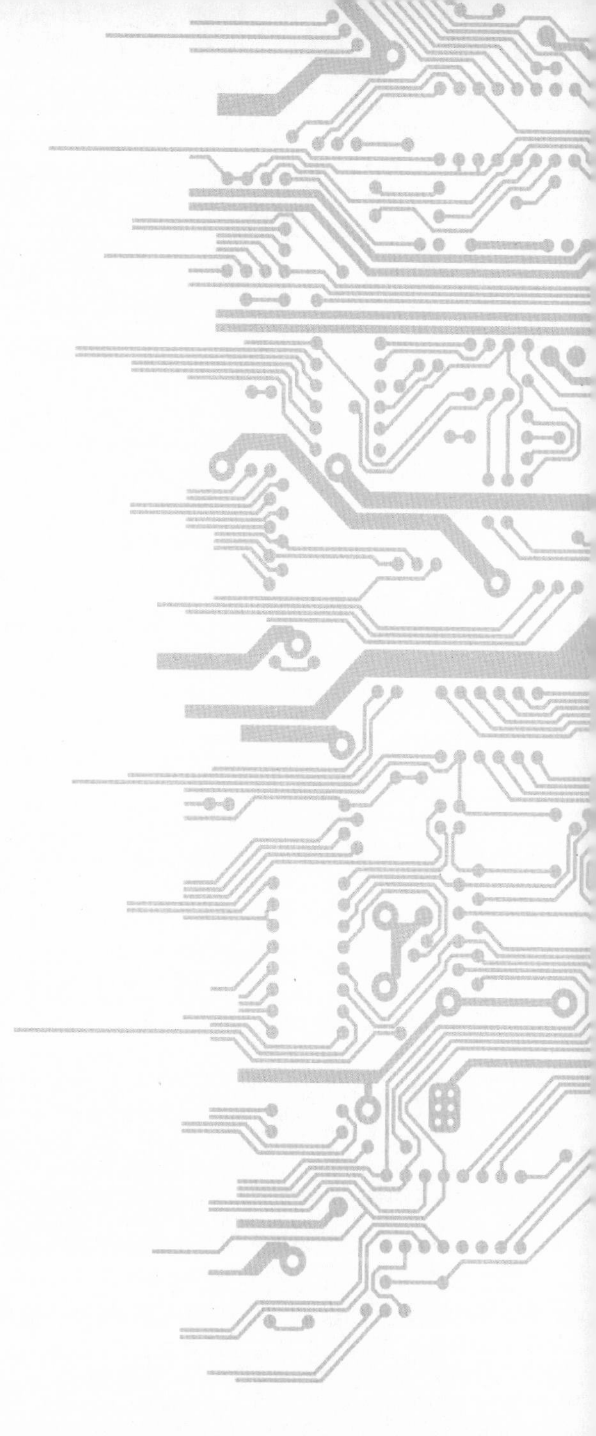

〈免費之城焦慮症〉這故事能收錄進本書裡，乃獲台灣國立交通大學圖書館（原科幻研究中心業務轉移）無償授權使用。特此致謝。

謝謝授權續寫《非人協會》的倪匡老師和策劃的施仁毅先生。

謝謝修改〈斷章〉時以下提供意見的網友：

Kevin KH Chan、Kirk Chan、Brigitte Cheung、JoeJonesChoy、Cecelia Lam、Gigi Lam、Sol Lee、Jason Lo、Simon Lo、Man Ng、Ronald Pou、Joshua Tang、Sabrina Wong、Peter Yau、邱秀堂、黃知勇。

謝謝在「幼獅文藝科幻小說獎」評審會議上力排眾議推薦本故事發表的張系國教授。

最後，謝謝香港星夜出版的負責人謝文傑先生（望日）和責任編輯綺暉，及負責台灣版的蓋亞文化總編輯沈育如女士和責編韻亘。

國家圖書館出版品預行編目資料

免費之城焦慮症／ 譚劍 著.
—— 初版.—— 台北市：蓋亞文化，2020.02
冊；公分.

ISBN 978-986-319-464-4（平裝）

857.7 108023175

故事集 013

免費之城焦慮症

作　　者　譚劍
裝幀設計　莊謹銘
責任編輯　盧韻亘
主　　編　黃致雲
總 編 輯　沈育如
發 行 人　陳常智
出 版 社　蓋亞文化有限公司
地址：台北市103承德路二段75巷35號1樓
電話：02-2558-5438　傳真：02-2558-5439
電子信箱：gaea@gaeabooks.com.tw
投稿信箱：editor@gaeabooks.com.tw
郵撥帳號 19769541　戶名：蓋亞文化有限公司
法律顧問　宇達經貿法律事務所
總 經 銷　聯合發行股份有限公司
地址：新北市新店區寶橋路二三五巷六弄六號二樓
電話：02-2917-8022　傳真：02-2915-6275
初版一刷　2020年2月
定　　價　新台幣 320元
Published and printed in Taiwan

ISBN 978-986-319-464-4

◎請沿虛綫剪開、對摺、裝訂後寄出

免費之城焦慮症

蓋亞文化　讀者迴響

感謝您在茫茫書海中選擇了蓋亞，您的支持是我們最大的動力。
不要缺席喔，讓我們一起乘著夢想的羽翼，穿越時空遨遊天地！

姓名： 性別：□男□女 出生日期： 年 月 日
聯絡電話： 手機：
學歷：□小學□國中□高中□大學□研究所 職業：
E-mail：（請正確填寫）
通訊地址：□□□
本書購自： 縣市 書店
何處得知本書消息：□逛書店□親友推薦□DM廣告□網路□雜誌報導
是否購買過蓋亞其他書籍：□是，書名： □否，首次購買
購買本書的動機是：□封面很吸引人□書名取得很讚□喜歡作者□價格便宜□其他
是否參加過蓋亞所舉辦的活動： □有，參加過 場 □無，因為
喜歡出版社製作什麼樣的贈品： □書卡□文具用品□衣服□作者簽名□海報□無所謂□其他：
您對本書的意見： ◎內容／□滿意□尚可□待改進 ◎編輯／□滿意□尚可□待改進 ◎封面設計／□滿意□尚可□待改進 ◎定價／□滿意□尚可□待改進
推薦好友，讓他們一起分享出版訊息，享有購書優惠 1.姓名： e-mail： 2.姓名： e-mail：
其他建議：

◎請沿虛線剪開、對摺、裝訂後寄出

廣告回信 郵資免付
台北郵局登記證
台北廣字第00675號

TO：蓋亞文化有限公司　收

103 台北市承德路二段75巷35號1樓

Gaea

GAEA